街中の遺構からたどる

ジャック・チェシャー［著］
Jack Chesher
キャサリン・フレーザー［イラスト］
Katharine Fraser
小林朋則［訳］

A Guide for
Curious Wanderers
LONDON

歴史都市ロンドン

原書房

目次

はじめに 006

第1章　時代をまたいで

基礎を築く 012
王権とキリスト教 015
発展するロンドン 026
帝国の首都 045
戦争と復興 057
街歩きルート1 064

第2章　ロンドンの暗号を解く

名前が何だと言うのでしょう？ 068
図像を解読する 081
芸術こそわが命 101
彫像と鋳像 119
街歩きルート2 126

第3章 街頭設備あれこれ

Ａ地点からＢ地点へ　130
いつでもお役に立ちます　143
看板あれこれ　171
街歩きルート３　178

第4章 自然に帰って

ロンドンの河川　失われた川を求めて　182
緑地　189
街歩きルート４　198

ポストコード索引　200

はじめに

ロンドンといえば数々のすばらしい博物館で世界的に知られているが、私は、何よりもロンドンという都市そのものがこの街いちばんの博物館だと思っている。

古代ローマ時代から現代まで、その2000年近い歴史の中で、ロンドンは時代ごとに移り変わる権力や影響によって姿形を作られ、決められ、変えられていて、そのたびに過去の名残や小さな痕跡、古い図像といった、各時代の特徴を示す品々を街のあちこちに残してきた。こうした過去からのちょっとした置き土産は、歴史の文脈から切り離されたまま今も現代の大都市ロンドンにしっかりと残っていて、これらを使えば、ロンドンの過去を理解したり、その秘密を解き明かしたりすることができる。

ロンドンを街歩きするのはタイムトラベルのようなものだし、そもそもロンドンそのものが驚くほど多様性に満ちているので、この街はただぶらぶらと歩き回るだけでもワクワクとドキドキが止まらない、誰もが夢中になる世界最高の都市なのだ。

そんなロンドンを街歩き好きのために紹介したのが本書『歴史都市ロンドン』だ。この本ではロンドン市内のあちこちにある見逃しがちな逸品や珍品の中から私のお気に入りをすべてピックアップして案内していく。もちろん、そのどれもがロンドンの過去をのぞく窓としておもしろいものばかりだ。この本で読者のみなさんに、まだ足を踏み入れたことのない穴場スポットをたくさん紹介すると同時に、ロンドンを「読み解く」力を伝えたいとも考えている。紹介文の多くに添えた美しいイラストも、実際に街歩きするとき、きっと役に立つと思う。

この本は、メインとなる4つの章に分かれている。その内容を簡単に説明しよう。

第1章「時代をまたいで」では、古代ローマ時代の遺跡から現代のガラス張りの高層ビルまで、ロンドンの建物で見つ

「ロンドンはそれ自体がひとつの世界だ。」

トマス・ブラウン
(イギリスの風刺作家、1663〜1704)

はじめに

はじめに

「ロンドンを
ひとりで
歩くことが
何よりも
休息になる。」

ヴァージニア・ウルフ
(イギリスの小説家、1882〜1941)

かる手がかりに目を向けながら、いろんな時代をたどっていく。ここを読めば「窓の大きさで建物の何が分かるの?」「ロンドンでいちばん人目を引く秘密の地下壕はどこ?」といった質問の答えが見つかる。

第2章「ロンドンの暗号を解く」では、市内のあちこちで目にするいろんな図像や名前に注目し、その読み解き方を取り上げる。例えば、「血を流す心臓の庭」を意味する「ブリーディング・ハート・ヤード」という物騒な名前の由来や、セント・ジャイルズ・イン・ザ・フィールズ教会のシンボルが傷ついた鹿になった経緯、パイナップルの形をした建築装飾がロンドンのいたるところで見られる理由などを解説する。

第3章「街頭設備あれこれ」で取り上げるのは、ロンドン市民も観光客も目を向けることなく通り過ぎている実用的な路上の設備だ。この章では、「ありふれたものが実はとんでもないものだった」というケースを紹介したい。フランス軍の大砲を改造して作ったボラード(車止め用のポール)から、ラクダの形をしたベンチ、フェンスにリサイクルされた第2次世界大戦時のストレッチャーまで、意外なものが盛りだくさんだ。

最後の第4章「自然に帰って」では基本に戻る。この章では、数千年にわたってロンドンの地形を現在の姿に作り上げてきた自然の力を取り上げる。蓋をして暗渠になった廃河川のほか、シティ内に人知れず点在する小さなポケット・パーク(ミニ公園)など、現代の都市景観に見られる緑地も紹介する。

各章の章末には、テーマごとのセルフガイド用街歩きマップを掲載した。ロンドン市内をあちこち寄りながら進むルートをたどれば、この本で取り上げたスポットとたくさん出会える。もちろん、勇気を出してコースを外れて好きな場所へ行っても全然かまわない。ことわざにあるように、勇気ある者にはきっと運が味方してくれるはずだ!

さあ、丈夫な靴を履いてロンドンの街歩きに出かけよう。そこには、あなたが今まで存在することすら知らなかった博物館が待っているはずだ!

009

第1章
時代をまたいで

ロンドンは無計画都市として有名だ。通りを歩くと、ありとあらゆる種類の建築様式を見かけるし、そうした建物が並ぶ道路も、道筋はほとんどが中世に引かれたときのままだ。そのおかげでロンドンはいつだってドキドキとワクワクにあふれている。さあ、いっしょにロンドン2000年の歴史の旅に出かけよう。この街の建物には、建築上の細かい特徴を見るとその建物の過去が分かる場合が多いので、そうした特徴に目を向けながら歩いていこう。もっとも、ロンドンはとても多様な都市なので、この本ではロンドンの建築をすべて完全に網羅して案内するのではなく、とても分かりやすい事例とおすすめスポットに絞って紹介していくことにする。

基礎を築く
（紀元47 〜 1066）

古代ローマ時代からアングロサクソン時代まで

モザイクの床

注目 古代ローマ時代の舗床モザイク
場所 オール・ハローズ・バイ・ザ・タワー教会, EC3R 5BJ; セント・ブライド教会, EC4Y 8AU

　古代ローマ人がロンドン（ラテン名ロンディニウム）を建設したのは紀元47年のことで、それから紀元410年ごろまでロンドンは古代ローマの支配下にあった。その後、何百年にもわたってそれぞれの時代に人々ががれきやゴミを捨て続けたことで地面が高くなり、今では、モザイクで舗装していた古代ローマ時代の床の一部が、地表よりはるかに下の、教会の地下聖堂でたびたび発見されている。例えば、オール・ハローズ・バイ・ザ・タワー教会の地下聖堂ではモザイクを敷いた家族用住宅の床の一部が見つかっているし、セント・ブライド教会の地下聖堂では古代ローマ時代の舗床モザイクの一部を見ることができる。

剣闘士と処刑

注目 古代ローマ時代の円形闘技場
場所 ギルドホール・ヤード, EC2V 5AE

　考古学上のすばらしい発見があった場所を見たいなら、シティ地区の中心部へ行くといい。

　1988年、シティ地区の行政庁舎であるギルドホールの敷地内で、地下8mから古代ローマ時代の円形闘技場が見つかった。円形闘技場とは民衆向けの見世物が開催されていた場所のことで、ここでは猛獣狩り、剣闘士の試合、罪人の処刑などが行なわれていたようだ。最初に建てられたのは紀元70年ごろで、そのときは木造だったが、2世紀にもっと頑丈な石造りに建て替えられた。

　ギルドホール・アート・ギャラリーでは、内部でこの遺跡を無料で見学できるほか、正面入口が面する広場には、黒い敷石を並べて作った巨大な円で、横幅が80mもあった円形闘技場の外壁の位置

が示されている。

古代ローマの遺跡

注目 古代ローマ時代の市壁跡
場所 ロンドン・ウォール駐車場，EC2V 5DY; クーパーズ・ロウ，EC3N 2LY

ロンドンで古代ローマの歴史をいちばん具体的に感じられるのが、当時の市壁跡だ。

市壁は紀元200年ごろに築かれ、17世紀までロンドンの市域を定める境界になっていた。建設資材には主にケント産の石灰岩が使われ、ローマ属州ブリタニアで最大規模の土木プロジェクトだった。その後、中世になると塔や防御施設が追加されて市壁は強化された。

そんな市壁も今では一部がいくつかの場所に、鉄とガラスでできたビルに囲まれてポツンと立っているだけだ。思いも寄らない場所に残っているものもあって、中でも「えっ、まさかこんな所に!?」とビックリするのが、地下駐車場であるロンドン・ウォール駐車場の区画53に立つ市壁だ。また、クーパーズ・ロウ通りからちょっと外れた場所には格別に保存状態のよい市壁があって、通用口がひとつ開いているので市壁の中を実際に歩いて通り抜けることができる。

市壁が古代ローマ時代のものかどうかは、壁の中にテラコッタのタイルを水平方向にまっすぐ並べた列があるかどうかで分かる。テラコッタのタイルを並べるのは、建設中に壁の高さが一定になるようにしたり、壁がぐらつかないようにしたりするのに古代ローマ人が使っていた技法だからだ。

歴史を伝えるアーチ

注目　サクソン人のアーチ
場所　オール・ハローズ・バイ・ザ・タワー教会, EC3R 5BJ

　古代ローマ人が5世紀にイギリスから去ると、その後、数百年にわたってアングル人やサクソン人といった諸民族がヨーロッパ大陸から移動してきてイギリスに住みついた。こうして始まったアングロサクソン時代だが、残念なことに、当時の建物は大半が木材やわらなど腐って分解されてしまうものでできていたので、この時代の様子を現代に伝えるものはあまり残っていない。

　オール・ハローズ・バイ・ザ・タワー教会は、シティ地区でいちばん古いとされている教会で、同教会によると、紀元675年にロンドン司教アーケンワルドによって建てられたという。現在の教会は中世に作られた部分も残っているけれど、第2次世界大戦のロンドン大空襲で被害を受けて戦後に修復された部分も多い。この大空襲のとき、壊れた場所から隠れていた石造りのアーチが発見された。このアーチはアングロサクソン時代のものと考えられていて、建材の一部に古代ローマ時代の石材が再利用されている。

　ちなみに、オール・ハローズ・バイ・ザ・タワー教会には無料の地下聖堂博物館があって、サクソン人の石細工や古代ローマ時代のロンドンの立体模型など、すばらしい品々が展示されている。

LONDON
A Guide for
Curious Wanderers

第 1 章　時代をまたいで

王権とキリスト教
（1066 〜 1666）

ウィリアム征服王からロンドン大火まで

ロンドンでいちばん古い建物

注目　ホワイト・タワー
場所　ロンドン塔, EC3N 4AB

　ロンドンに現存するいちばん古い建物は、ロンドン塔にあるホワイト・タワーだ。

　1066年、征服王ことウィリアム1世がフランス・ノルマンディー地方からやってきて、イングランドを征服して新たに王となった。ホワイト・タワーは、このウィリアム1世のため1078年から1097年にかけて建てられた塔で、今では超高層ビルに囲まれて小さく見えるけれど、建設当時は新たな王の権威を強力に見せつけていたことだろう。

　主な建材はケント産の石灰石で、当初は漆喰で白く塗られていて、そのため「白い塔」を意味するホワイト・タワーという名で呼ばれるようになった。装飾やアクセントにはノルマンディー地方カーン産の石灰岩が使われていて、今やロンドンが新たにフランス人の支配下に入ったことを誰の目にもはっきりと示していた。ただ、建築当初のカーン産石灰岩は、残念ながら17世紀以降、イギリスのポートランド島で採れる石灰岩「ポートランド石」に代えられていった。

　ちなみにロンドンで2番目に古い建物は、国会議事堂であるウェストミンスター宮殿でいちばん古いウェストミンスター・ホールで、これはウィリアム1世の息子ウィリアム2世のため1099年に建設されたものだ。

> 20世紀にロンドン塔で
> 処刑された人の数は、
> 他の世紀に処刑された人数を
> すべて合わせた数よりも多い。
> これは、2度の世界大戦中に
> 多くのスパイや捕虜が
> 処刑されたためだ。

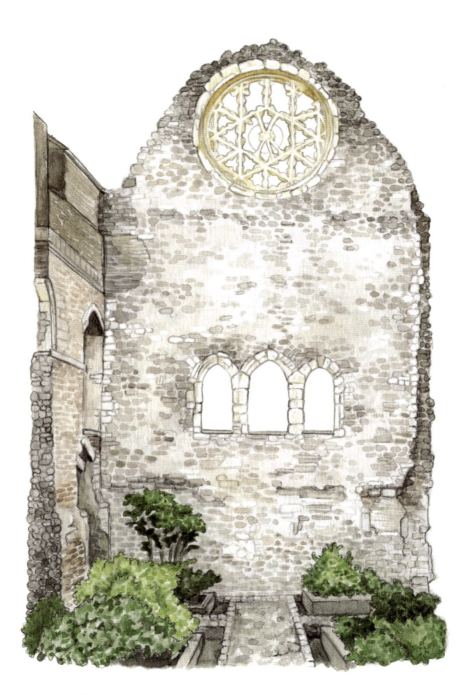

016 | LONDON
A Guide for
Curious Wanderers

第 1 章　時代をまたいで

中世の邸宅跡

注目　ウィンチェスター・パレス跡
場所　ピックフォーズ・ワーフ , SE1 9DN

　テムズ川南岸のバンクサイド地区には、曲がりくねった石畳の道に囲まれて、ロンドンで最大規模だが、人々からすっかり忘れられた中世建築の遺跡が立っている。それがウィンチェスター・パレスだ。

　12世紀に建てられた屋敷跡で、もともとは影響力をふるった歴代のウィンチェスター司教（宗教改革後はウィンチェスター主教）の邸宅だった。ウィンチェスター司教は宮廷で要職に就くことが多く、その邸宅では、例えば1424年にスコットランド王ジェームズ1世と王妃ジョーン・ボーフォートの結婚式が開かれるなど、重要な行事が開催されたことが分かっている。

　またウィンチェスター司教には、中世の時代、周辺の売春宿に営業許可を与える権限があった。そのため、この地域の売春婦たちは「ウィンチェスターのガチョウ」と呼ばれていた。そう呼ばれたのは、たぶん彼女たちが客引きするときの声や仕草がガチョウに似ていたからだろう。

　1626年に当時のウィンチェスター主教が亡くなったのを最後に、主教がこの邸宅を使うことはなくなり、1814年には大火事で建物の大半が焼け落ちた。現在残っているのは正面玄関大ホールの残骸だけで、壁に残るバラ窓が往時をしのばせている。

ロンドンでいちばん古い教会区教会

注目　セント・バーソロミュー・ザ・グレート教会
場所　クロス・フェア , EC1A 7JQ

　中世の建物で現代まで残っているものの大半は、いうまでもなく教会だ。もし中世にタイムスリップした気分を本気で味わいたいのなら、セント・バーソロミュー・ザ・グレート教会がおすすめだ。

　創建は1123年で、ロンドンでいちばん古い教会区教会と言われている。ここの建築を見ると、建設期間中に流行と技法が変わったことが、おもしろいようによく分かる。教会の半分はロマネスク様式で作られている。これは、ウィリアム1世とともにイングランドを征服したノルマン人が伝えた様式で、半円アーチと、どっしりとした太い柱が特徴だ。ところが、建築が半分ほど進んだところでゴシック様式が流行し始め、そのため教会の南半分は、ゴシック様式の特徴である強度が高い尖頭アーチが採用されて、柱が細くなっている。

　これらがすべて一体となって、とても趣のある空間を作り出している。内部に

は、創建者で修道院長だったラヒアの墓がある。また聖歌隊席の上には、たぶん修道院長が修道士たちを見張れるようにするためだろう、1517年に設置された張り出し窓がある。

> この教会の聖母礼拝堂は、
> 18世紀に印刷場として
> 使われていて、
> 若いころの
> ベンジャミン・フランクリンが
> ここで働いていた。

ゴシックで行こう

注目　ゴシック様式の教会
場所　ウェストミンスター寺院, SW1P 3PA; サザーク大聖堂, SE1 9DA

　中世では、ロマネスク様式やノルマン様式に続いてゴシック様式が主流の建築様式になった。

　ウェストミンスター寺院は、もともとはアングロサクソン時代のイングランド王エドワード証聖王が1045年から1050年にかけてロマネスク様式で建てさせた教会で、イギリス王の戴冠式は、1066年以降すべてこの寺院で行なわれている。ただし、建設当初の寺院は13世紀にヘンリー3世の命令で取り壊されている。

　ウェストミンスター寺院の本体は、大半が13世紀か14世紀のもので、フランス・ゴシック様式で建てられている。主な特徴は、正面入口に並ぶ尖頭アーチと、そびえ立つような寺院の高さを支える飛梁（フライング・バットレス）だ。

　その後、寺院は何度か増築された。例えば、東端にある息をのむような垂直式ゴシックの聖母礼拝堂は、国王ヘンリー7世が建設を命じたことから「ヘンリー7世礼拝堂」とも呼ばれていて、1516年に完成した。また1745年には寺院の西端に、ポートランド石による巨大な2本の塔が、著名なバロック建築家ニコラス・ホークスムアの設計により増築された。

第 1 章　時代をまたいで

　1995年には西扉の上に、マーティン・ルーサー・キングなど信仰を理由に迫害・弾圧された現代人10名をたたえる「現代の殉教者たち」の像が新たに設置された。

　ウェストミンスター寺院以外だと、サザーク大聖堂がゴシック様式を代表する教会で、19世紀に大規模な改修を受けてはいるけれど、ゴシックのすばらしさを今によく伝えている。

恐ろしくてゾッとする

注目　セント・オーラヴ教会
場所　ハート・ストリート, EC3R 7NA

　ハート・ストリートにあるセント・オーラヴ教会は1450年建立だが、現存するいくつかの記録によると、遅くとも13世紀にはこの場所に何らかの教会があったようだ。

019

様式は垂直式ゴシックといって、13世紀半ばから16世紀初頭まで流行していた様式だ。これは、それ以前に伝わっていたフランス・ゴシックをイギリスで簡素化して装飾を減らしたもので、先のとがった尖塔よりも直方体の塔を好み、垂直方向に伸びる直線を重視するのが特徴だ。この様式の建物には、ほかにセント・アンドルー・アンダーシャフト教会やキングズ・チャペル・オヴ・ザ・サヴォイなどがある。

教会付属の墓地から教会内部の中央部分である身廊(しんろう)に入るには、階段を3段下りなくてはならない。中世の教会は墓地が高くなっていることが多いが、これは何百年ものあいだ死者を埋葬してきたためで、とりわけ墓地がペスト患者の埋葬地として利用されていた教会に、そうしたケースが多い。セント・オーラヴ教会にはペストの犠牲者が300人以上埋葬されていて、教会区記録簿では、ペストで死んだ人の名前に「p」の字が書き添えられている。

墓地に入る門の上には、メメント・モリ（死の象徴）として3つのしゃれこうべの彫刻があり、それを見たイギリスの文豪チャールズ・ディケンズは、この教会を「セント・恐ろしくてゾッとする教会」と呼んだ。

ロンドン橋落ちる

注目 旧ロンドン橋の遺構
場所 ヴィクトリア・パーク, E9 5EQ; ガイ病院, SE1 9RT; コートランズ団地, TW10 5AT; パブ「ザ・キングズ・アームズ」, SE1 1YT; 聖マグナス殉教者教会, EC3R 6DN

1973年に開通した現在のロンドン橋は、コンクリートと鋼鉄でできた、華やかさがみじんもない、ごくごくありふれた橋である。

しかし、ここに1209年から1831年まであった中世のロンドン橋は、今のよりもずっと壮観だった。アーチが19個つながった橋で、現在のロンドン橋がある場所から約30m下流に架かっていて、石造りのものとしてはロンドンで最初の橋だった。15世紀には、橋の上に家屋や店舗のほか礼拝堂までもが建ち並んでいて、ぐらぐらと揺れて流れの激しいテムズ川に落ちてしまいそうになっていた。結局この橋は1831年に取り壊されたが、その遺構は、数は少ないけれど今も目にすることができる。

18世紀、橋の上の建物が混雑解消のため撤去され、欄干とアルコーブ（半ドーム形の休憩所。左下のイラスト参照）が追加された。このときのアルコーブは、現在ヴィクトリア・パークに2個、ガイ病院の敷地に1個、ロンドン南西のリッチモンド地区にあるコートランズ団地に1個、移築されている。

また、かつて橋の南側入口を飾っていた1730年ごろの紋章が、サザークにあるパブ「ザ・キングズ・アームズ」の正面に掲げられている。

聖マグナス殉教者教会には、墓地に中世のロンドン橋の一部だった古い石がいくつかある。教会の塔は、もともとは旧ロンドン橋の歩行者用入口だったものだし、教会内には旧ロンドン橋の精巧な想像復元模型がある。

第 1 章　時代をまたいで

チューダー朝の逸品

注目　セント・バーソロミュー・ザ・グレート教会の門楼
場所　スミスフィールド, EC1A 9DS

　チューダー朝（1485〜1603）建築と聞いて誰もが真っ先に思い浮かべるのは、骨組みが木でできた白黒の伝統的な建物だろう。その見事な例が、スミスフィールド地区にあるセント・バーソロミュー・ザ・グレート教会の門楼だ。建設は1595年で、門楼の下を13世紀のアーチ道が通っている。このアーチ道は、修道院解散（1536〜1541）以前は、その奥にあるセント・バーソロミュー・ザ・グレート教会の南側身廊への入口通路になっていた。

　ビックリするような話だが、この門楼はジョージ王朝時代（1714〜1837。ジョージ1世からウィリアム4世までの時代）にはファサードが覆い隠されていて、それが再発見されるのは1917年、ドイツ軍の飛行船による爆撃で、このチューダー朝の逸品が表に出てきたときだった。

見事に生き延びた家

注目　シティ地区でいちばん古い住宅
場所　クロス・フェア41番地〜42番地, EC1A 7JQ

　スミスフィールド地区の中世から続く路地裏に、シティ地区でいちばん古い専用住宅がある。レンガと木材で建てられた美しい家で、完成は1614年。ロンドン大火や、ロンドン大空襲、熱心な開発業者の魔の手を見事にくぐり抜けて今日まで生き延びた家だ（ちなみに、ロンドン大火で延焼しなかったのは、セント・バーソロミュー・ザ・グレート教会付属修道院の壁に守られたからだった）。

　1929年に取り壊される予定だったところを、建築家のポール・パジェットとジョン・シーリーが自分たちの事務所として使うため修復してくれたおかげで、壊されずに済んだ。

　この家を訪れたことがあると言われている人の中に、政治家ウィンストン・チャーチルとエリザベス王太后（現国王チャールズ3世の祖母）がいて、ふたりは当時の習慣に従い、自分の名前を2階の窓にペン型のガラスカッターで刻み込んでいる。

　家の正面には、三角形のペディメント（破風）の下に鉛ガラスを木枠にはめた長方形の出窓があり、それを見ていると、ジェームズ1世の時代（1603〜1625）にタイムスリップしたような気分になる。

狭い敷地の有効活用

注目　道路への張り出し
場所　ストランド229番地, WC2R 1BF

　ストランド229番地の建物は、目立った外観ではないけれど、実はロンドン大火をくぐり抜けた、とても貴重な建築物で、建てられたのは1630年ごろと考えられている。

　建築年代のヒントになるのが、上の階が道路側にせり出していることで、このせり出し部分を「張り出し」という。229番地も、17世紀後半に建てられた隣の230番地も、間口がとても狭い。これは、人通りの激しい大通りに面した土地は地価が高かったからだ。そのため、張り出しを作るのはスペースを最大限に活用するのに、よく用いられた方法だった。

　しかし張り出しを作ると、狭い小路を挟んで向かい合う建物が接し合うほど近づくので、火事が起きたとき延焼しやすくなる。実際、中世の道路の中には、例えば当時のロンドン橋のように、道路にせり出した張り出しのせいで光がすべて遮られ、まるでトンネルのようだった所もあったそうだ。そのため張り出しは、ロンドン大火以後さまざまな建築規制で禁止された。

　ちなみに、「張り出し」を意味する「jetty」という語は、フランス語で「投げる」を意味する「jeter」から来ている（ついでに言えば、英語の「throw out」には「放り投げる」という意味のほかに「張り出しを作る」という意味もある）。「投げ荷」（貨物船が遭難時に積み荷を投げ捨てること）を意味する「jettison」も語源は同じだ。

張り出しが広まった
理由は諸説あるが、
そのひとつは
当時のトイレ事情と関係している。
当時、大小便はおまるにして
中身を上階の窓から
外に投げ捨てていたが、
このとき張り出しがあると、
下を歩いている人が
いきなり汚物を
かぶらずに済んだからだ。

第 1 章 時代をまたいで

発展するロンドン
（1600年代初頭〜1837）

ロンドン大火からヴィクトリア女王まで

レンの時代

注目 クリストファー・レンの設計した教会

場所 セント・スティーヴン・ウォールブルック教会, EC4N 8BN; セント・ベネット・ポールズ・ウォーフ教会, EC4V 4ER; セント・ジェームズ・ガーリックハイス教会, EC4V 2AF

ロンドンに誰よりも多く自分の痕跡を残した建築家といえば、まず間違いなくクリストファー・レンだろう。レンは、ありとあらゆる種類の建物を設計したけれど、中でもいちばん有名なのは教会だ。ロンドンのシティ地区に107あった教会区教会のうち、85が1666年のロンドン大火で焼失した。レンは、そのうちの51の教会区教会と、彼の代表作となるセント・ポール大聖堂の再建を任された。

ほとんどの場合、レンはもともとの教会があった敷地の制約を受けながら設計を進めなくてはならず、ときにはそうした敷地の特徴を積極的に設計に採り入れようとすることもあった。そのためレンの教会はひとつとして同じものはないけれど、よくよく見ると、当然ながらいくつか共通点があるのが分かる。例えば、こんな特徴だ。

- レンは基本的に、ヨーロッパ・バロックよりも装飾の少ない抑制されたバロック様式を、古典主義建築やゴシック建築の特徴と組み合わせて採用していた。
- 西側に基部が正方形または長方形の塔を配し、その上に尖塔をひとつだけ置く。
- 建材にポートランド石を使っているが、一部には赤レンガに化粧石材を施した建物もある。
- 天井と壁は漆喰で白く塗装。
- 基本的にステンドグラスではなく透明な窓ガラスを採用して内部を明るくしている。

ウェディングケーキな教会

注目 セント・ブライド教会
場所 フリート・ストリート, EC4Y 8AU

レンが手がけた尖塔の中でもとりわけ壮麗なのが、フリート・ストリートから少し入った所にあるセント・ブライド教会の尖塔だ。

中世に建てられた初代の教会はロンドン大火で焼失し、新たな教会が1675年、レンの設計で建てられた。

1703年に作られた5層の尖塔は、高さが70mあってレンの手がけた中でいちばん高く、その形は現在よく見る段重ねのウェディングケーキのヒントになったと言われている。言い伝えによると、その事情はこうだ。あるとき、教会近くのラドゲート・サーカス交差点にあるパン菓子店で弟子として働いていたウィリアム・リッチくんが、親方の娘さんに恋をした。リッチくんは娘さんにプロポーズすると、親方と娘さんの両方をびっくりさせたいと思って、ものすごいウェディングケーキを作ろうと考えた。アイデアを求めて探し回っていたときセント・ブライド教会の尖塔が目にとまり、それで段重ねのウェディングケーキが生まれたというわけだ。

ちなみに、16世紀と17世紀には結婚式への招待客に「ブライド・パイ」（花嫁のパイ）が出されていた。1685年のレシピによると、このパイには材料として牡蠣、子羊の睾丸、松の実、雄鶏のとさかが入っていたほか、生きた鳥や蛇を入れておく空間があり、パイの中から鳥や蛇が急に出てきて腹を空かせた客たちをビックリさせる仕掛けになっていた。

ロンドンで
いちばん古いパブ?

注目　パブ「ジ・オールド・チェシャー・チーズ」

場所　フリート・ストリート, EC4A 2BP

　現在「ロンドンでいちばん古い」と名乗るパブは、眉唾物も含めて、ずいぶんたくさんある。

　そんな中でも確実にロンドンでいちばん古いと言えそうなのが、フリート・ストリートにある「ジ・オールド・チェシャー・チーズ」だ。最初の店舗は1530年に建てられたが、1666年のロンドン大火で焼け落ちた。ロンドンっ子は行きつけのパブがなくては生きていけないので、この店は大火後すぐの1667年に再建された。店の外には、再建以降、店が営業していたとき王位に就いていた君主の名前が、チャールズ2世を筆頭にすべて掲示されている。

　店は「ずいぶん変わってしまって」いるが、それでも18世紀当時の特徴を一部に残しているとされていて、例えば、注文したビールを飲める丸天井の地下室は当時のままだと考えられている。資料によっては、この地下室はさらに古く13世紀にあったカルメル会修道院の一部だと主張しているものもあるが、さすがにそれはないだろう。

第 1 章　時代をまたいで

ロンドン最後の回廊つき馬車宿

注目　ザ・ジョージ・イン
場所　バラ・ハイ・ストリート , SE1 1NH

　バラ・ハイ・ストリートから石畳の小路に入ってザ・ジョージ・インまで歩いていくと、まるで17世紀のロンドンにタイムスリップしたかのような気分になる。

　この場所には遅くとも16世紀から宿屋があったが、現在の建物は1676年に建てられたもので、ロンドンに残る最後の回廊つき馬車宿である。

　その昔ロンドンには馬車宿がたくさんあった。馬車宿とは旅行者だけでなく馬車用の馬も休ませられる宿屋のことで、駅馬車の運営会社は各地の馬車宿を拠点に人々を国中に運んでいた。バラ・ハイ・ストリートは、昔はロンドンから南へ向かう重要なルートだった。とりわけカンタベリーへ巡礼に行くときは必ず通る道で、そのことはジェフリー・チョーサーの『カンタベリー物語』にも描かれている。

古典に帰れ

注目　パラディオ主義建築
場所　バンケティング・ハウス , SW1A 2ER

　17世紀初頭になると、パラディオ主義建築が登場する。その名はイタリア人建築家アンドレア・パラディオ（1508〜1580）に由来し、古代ギリシア・ローマ建築を模範として左右対称と比例的調和を重んじている。

　1619年から1622年に建てられ、現在はホワイトホール通りに面しているバンケティング・ハウスは、かつてここにあった広大な宮殿のうち唯一現存する施設だ。ホワイトホール宮殿は、もともとはヨーク大司教の邸宅だったが、ウルジー枢機卿が大司教のとき国王ヘンリー8世に奪われた。

　バンケティング・ハウスは、設計をイニゴー・ジョーンズが担当し、イギリスの建物にパラディオ主義の原則を採用した最初期の建物のひとつだ。左右対称と古典時代の装飾が重視されていることは、窓の上のペディメントや、イオニア式円柱、コリント式付柱（つけばしら）などを見るとよく分かる。最上部には、花飾りと仮面を彫ったフリーズ（帯状の浮き彫り彫刻）が建物を取り囲むように配されていて、この建物がもともと舞踏会や演劇上演のための場所だったことを示している。

　建物入口の上には国王チャールズ1世の胸像がある。「なぜ？」と不思議に

029

思った人も、チャールズ1世がピューリタン革命時の1649年1月30日に処刑された国王で、その処刑場所がここバンケティング・ハウスの前だったと聞けば、「なるほど」と思うだろう。

禁止だったはずの礼拝堂

注目 クイーンズ・チャペル
場所 マールバラ・ロード, SW1A 1BG

　セント・ジェームズ宮殿の向かいにも、イニゴー・ジョーンズの作品がある。落ち着いたたたずまいのクイーンズ・チャペルだ。
　これは1623年から1625年に建立された礼拝堂で、当時は国内にローマ・カトリックの教会を建てることが禁止されていた中、チャールズ1世の王妃でローマ・カトリックの信徒だったヘンリエッ

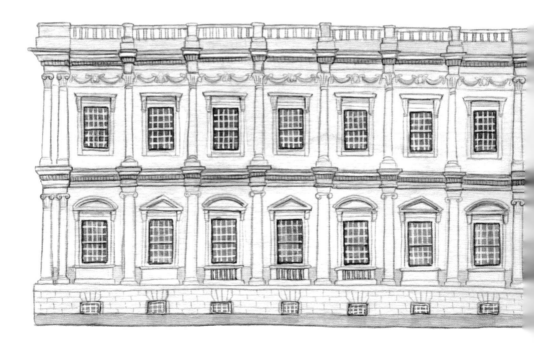

タ・マリアのため特別に建てられたものだった。イングランドで古典主義様式を初めて採用した教会で、そのため建築史的にはとても重要な建物だ。ちょっと見ただけでも、比例的調和を重視した装飾のない長方形のデザインや、ペディメントのついた窓やアーチ窓といった古典主義的特徴が分かる。

　もうひとつ、イニゴー・ジョーンズの手による教会が、コヴェント・ガーデンにある1633年落成のセント・ポール教会だ。この教会は、コヴェント・ガーデン広場に面するトスカナ式円柱のポルティコ（柱廊）で有名で、このポルティコも、ジョーンズがイタリアの広場の様式にならって設計したものである。

　東側には広場に面した大きな扉があるが、実はこれ、フェイクだ。もともとイニゴー・ジョーンズはここを教会の正面玄関にしたかったのだが、そのアイデアは「教会の東端に祭壇を置く」というキリスト教の伝統に反するものだった。そのため入口を反対側にすることになり、東側の大扉はダミーとして残ったというわけだ。

優雅な都市生活

注目　ガーデン・スクエア
場所　ベッドフォード・スクエア，WC1B 3RB

　ロンドンの都市景観を構成する特徴のひとつに、ガーデン・スクエアがある。
　16世紀や17世紀になると、ロンドンはそれまで市の境界とされてきた市壁の外側に市街地が広がり始めた。1666年のロンドン大火で中世以来の旧市街地にあった家屋が1万3000棟以上焼失したことも、この変化を後押しした。
　これをチャンスとみたのが大地主の貴族たちだ。彼らの中には16世紀の修道院解散のとき国王ヘンリー8世が没収した教会の土地を与えられた者もいて、そうした貴族たちは、市街地が拡大する中、小ぎれいな庭園をタウンハウスで囲んだ大きな四角形の広場を作り始めた。これがガーデン・スクエアだ。ガーデン・スクエアが作られたのは、ひとつには市内に緑地を残すため、ひとつにはイタリア風広場のデザインに触発されたためで、これをきっかけに古典主義建築と都市計画がだんだんと定着していった。
　当初ガーデン・スクエアは、もっぱら上流階級からの依頼で作られていた。例えば、1631年完成のコヴェント・ガーデンはイニゴー・ジョーンズがベッドフォード公爵のために設計したものだし、ブルームズベリー・スクエアは1660年代初頭にサウサンプトン伯爵の

ために開発されたものだ。また、1775年から1783年にブルームズベリー地区に作られたベッドフォード・スクエアは、ロンドンにあるジョージ王朝時代のガーデン・スクエアの中でも、とびきり保存状態のよい場所のひとつだ。

ロンドンでいちばん古いテラスハウス

注目　17〜18世紀のテラスハウス
場所　ニューイントン・グリーン52番地〜55番地, N16 9PX

　ロンドン大火のあと、まったく同じ形をしたテラスハウスが大流行した。
　大火後、1667年のロンドン再建法を筆頭に、さまざまな法律で建築基準が前よりずっと厳しくなった。住宅の建材はレンガか石とされ、道路にせり出す張り出しは禁止され、建物の高さと様式は統一することが推奨された。
　その結果広まったのがテラスハウスで、そのほとんどは、富裕層向けではなく、そのころ台頭してきた商工業者などの中産階級の住宅だった。新しいテラスハウスの様式は、パラディオ主義と古典主義の建築をモデルにしていて、秩序と論理性と比例的調和を重んじていた。
　昔のテラスハウスが見たいなら、少々手を加えられているけれどエセックス・ストリートに17世紀当時のテラスハウスが数軒あるし、ニューイントン・グリーン52番地から55番地には1658年に建てられたロンドンでいちばん古いテラスハウスがある。

過去への窓

注目　上げ下げ窓
場所　カウリー・ストリート, SW1P 3LZ

　上げ下げ窓がイギリスに登場したのは17世紀末のことで、どうやらオランダかフランスから伝わったらしい。開き窓が外側に向かって開くのに対し、上げ下げ窓は上下にスライドさせて開閉させるので、窓を開けても古典主義建築のファサードが持つ左右対称性を損なうことがなかった。
　1709年、法律が制定されて、上げ下げ窓は外壁より10cm引っ込めて設置することが義務づけられ（ただし、これは人々になかなか受け入れられなかった）、さらに1774年の法律で、上げ下げ用のロープや滑車は防火対策として外壁の裏に隠さなくてはならなくなった。ウェストミンスター地区のスミス・スクエア9番地からカウリー・ストリート17番地を歩くと、18世紀に作られたいろんな種類の上げ下げ窓が、外壁から引っ込んだものも、そうでないものも含め、たくさん鑑賞できる。

第 1 章　時代をまたいで

　もうひとつ注目してほしい特徴が、窓にはめ込まれている板ガラスの枚数だ。大きな板ガラスは作るのが難しくて費用もかかったため、12枚ガラスの上げ下げ窓がジョージ王朝時代の基本的な特徴だった。時代とともに窓ガラスのサイズが大きくなり、ヴィクトリア時代（1837 ～ 1901）にはガラスが2枚か4枚の窓が一般的になった。

日光泥棒

注目　レンガでふさがれた窓
場所　エクルストン・ストリート25番地，SW1W 9NP; チズウェル・ストリート49番地～ 52番地，EC1Y 4SA

　1696年、イギリスでいちばんと言っていいほど評判の悪い税が導入された。窓税だ。「窓がたくさんあるということは、それだけ金持ちということだから、その分もっと税を払ってもらおう」と考えてのことだ。当初、窓税は持っている窓の数が10を超える人に課せられた。しかし、どれほど練りに練った計画でも必ず穴があるように、この窓税も思いどおりにはいかなかった。

　まず、ロンドンに住む最貧層の人たちは安アパートに身を寄せ合って暮らすことが多く、そうしたアパートはたいてい窓が多かった。だから家主は、窓税を払うため家賃を上げたり、逆に窓税を払いたくないので手っ取り早く窓をふさいだりした。新しいアパートを建てるときは窓の数を最小限に抑え、そのせいで風通しは悪いし日光も入らず、住民の健康や生活環境にひどい悪影響を与えた。一方、裕福な人たちの多くは自宅の窓をいくつかレンガでふさいで窓税を逃れた。何の効果も挙げられず害悪をまき散らすだけの窓税は、1851年になってようやく廃止された。

　勘違いするといけないので言っておくと、レンガや何かでふさがれた窓の大半

033

は、窓税のせいでそうなったわけではない。建築家たちが、建物の比例的調和や左右対称を維持するため「ダミー」の窓を取りつけることが多かったからだ。だから、ふさがれた窓が左右対称でなかったり、レンガが周囲と合っていなかったりすれば、それは窓税のせいだとすぐ分かる。例えば、エクルストン・ストリート25番地と、チズウェル・ストリートの49番地から52番地までにある窓は、確証ないけれど、どうやら窓税を逃れるためにふさがれたようだ。

サイズが大事

注目　ジョージ王朝時代の窓
場所　クレーヴン・ストリート36番地, WC2N 5NF

　ある建物が建てられた年代を知りたいときに役立つ建築上のヒントに、窓の大きさがある。
　17世紀後半、タウンハウスは1階と2階の窓がどれも同じ大きさなのが一般的だった。時代が進んで18世紀に入ると、大まかに言って、窓は階が上に行くほど小さくなる傾向が出てくる。1階と2階はタウンハウスの持ち主とその家族の部屋で、それより上の階には使用人が住み込むことが多かった。
　ところが18世紀前半、一部の人たちのあいだで客を接待するスペースを2階に設けることが流行した。そのためこの

> イングランドに現存する
> いちばん古い上げ下げ窓は、
> ロンドン郊外リッチモンドにある
> 邸宅ハム・ハウスのもので、
> その設置年代は1670年代だ。

時期に建てられたタウンハウスは、2階の窓が大きいものが多く、そうした階は「ピアノ・ノービレ」つまり「高貴な階」と呼ばれるようになった。この手の建物のよい例がクレーヴン・ストリート36番地にある。ちなみに、その家にはベンジャミン・フランクリンが16年間住んでいた。
　18世紀後半になると流行が逆転し、客の接待には再び1階が主に使われるようになった。
　19世紀前半には、間口が窓2枚分の家では、採光量を増やすため1階に1枚だけある窓の幅を広げることが多くなり、その結果、玄関が一方へ少しだけ押しやられる形になった。建物の左右対称性は損なわれたが、この変化は、見た目の美しさよりも機能性を重視するようになったことを教えてくれる。

明かりを消して

注目 たいまつ消し、別名「たいまつ用消灯器」

場所 カーゾン・ストリート 18 番地〜19 番地 , W1J 7TA; クイーン・アンズ・ゲート 26 番地 , SW1H 9AB

街灯が広まるまで、ロンドンの人たちにとって夜道を歩くのはちょっとした自己責任だった。

裕福な人は使用人にたいまつを持たせて市内を歩くことが多かったが、そうでない人は「たいまつ持ち」を雇って自宅まで自分の前を歩かせた。たいまつ持ちとは、手製のたいまつを持った、たいていは年少の貧しいストリートチルドレンのことだ。自宅に着いたときにたいまつの火を消すため、円錐形をした鉄製の装置が消灯器として家の外壁に設置されていた。

ただし、たいまつ持ちには注意した方がいい。この少年たちは、地元の犯罪グループと手を組んで、何も知らない客を危険な路地裏に誘い込み、強盗の餌食にしたり、もっとひどい目に遭わせたりして、評判が悪かったからだ。

石になる

注目 コード・ストーン
場所 ベッドフォード・スクエア, WC1B 3RB; クイーン・アンズ・ゲート, SW1H 9BU; ウェストミンスター橋, SE1 7GA

　18世紀になると、革新的な人造石「コード・ストーン」が登場した。
　原料は粘土、テラコッタ、ケイ酸塩、ガラスで、秘密とされた製造法は、傑出した女性実業家エレナー・コードの手で改良・改善された。ロンドンのランベス区にある工場で製造されていたコード・ストーンは、耐久性に優れ、複雑な形にも簡単に成形できるので、建築用の装飾や彫像の素材にもってこいだった。1774年の建築法で今後新築する家に木製の装飾をつけることが禁じられると、建築家たちは代わりにコード・ストーンを使うようになった。
　エレナー・コードが1821年に亡くなると、工場は彼女のリーダーシップを失って1840年代に廃業した。製造法は、1990年代に何とか復元に成功するまで不明のままだったが、コード・ストーンそのものは今もロンドンのいたるところで見ることができる。何しろ、表面がなめらかで、たいていは染みひとつなく、真っ白な見た目をしているので、よく目立つ。例えば、ベッドフォード・スクエアやクイーン・アンズ・ゲート通りに面する家では、玄関の上にコード・ストーン製の顔型が飾られている。石像や彫刻にも使われていて、例えばウェストミンスター橋のたもとにあるサウスバンク・ライオン像もそのひとつだ。

鋳鉄に注目

注目 鋳鉄製の靴拭い
場所 チェスターフィールド・ストリート11番地〜13番地, W1J 5JN

　18世紀に蒸気機関が登場すると、鋳鉄の生産方法が改良され、以前よりも低コストで以前よりも均質な鋳鉄を作れるようになった。
　鋳鉄製のフェンスや装飾バルコニーが大流行したほか、鋳鉄製のちょっとした付属品もさかんに利用された。そのひとつに、フランス語のdécrottoir(デクロトワール)という名で知られる実用品

第 1 章　時代をまたいで

「靴拭い」があった。18世紀と19世紀に道路舗装の技術が上がり公共空間が整備されると、裕福な人たちはロンドンのあちこちを歩き回りたがるようになり、そのため、歩いている途中でついた不要な泥を靴から落とす靴拭いがタウンハウスの玄関に必要となった。メイフェア地区のタウンハウスは、そうした靴拭いを見つけるのに絶好の場所で、とりわけチェスターフィールド・ストリート11番地から13番地の3軒はオススメだ。

新しい明かり取り

注目　扇形窓
場所　ダウニング・ストリート10番地, SW1A 2AB

　1720年代ころからテラスハウスに広く見られるようになった特徴に、玄関ドアの上に設けられた扇形窓がある。これは、その名のとおり扇の形をした半円形の窓で、ほかに窓がない玄関ホールに光を入れる目的で設置された。

037

時代が進んで金属加工の技術が進歩し、建築装飾が豪華になってくると、扇形窓も複雑になった。

扇形窓は、ロンドンにあるジョージ王朝時代の建物でいちばん有名な、ダウニング・ストリート 10 番地の首相官邸で見ることができる。

首相官邸にソックリ

注目　アダム・ストリート 10 番地
場所　WC2R 0DE

外国から来たお偉いさんみたいにダウニング・ストリート 10 番地の首相官邸前で記念写真を撮りたいと思ったら、アダム・ストリート 10 番地へ行くといい。

1768 年から 1774 年に建てられたアダム・ストリート 10 番地の邸宅は、外壁は黒いレンガで、玄関扉はクリーム色のドア枠で囲まれ、扉の上には扇形窓があり、手前には鋳鉄製の黒いフェンスがあって、外観は有名な首相官邸とまるっきりソックリだ。

今はどちらの邸宅も外壁は特徴的な黒塗りのレンガだが、昔からそうだったわけではない。ダウニング・ストリート 10 番地のレンガは 1950 年代に洗浄され、その色が実は黄色で、黒かったのは何百年にもわたる公害のせいだったことが判明した。しかし、黄色は首相官邸っぽくないと思われたので改めて黒く塗られ、洗浄前の姿に戻された。

ちょっとミューズかしい話

注目　ミューズ（小路）
場所　エクルストン・ミューズ, SW1X 8AG; カイナンス・ミューズ, SW7 4QP

メイフェアやケンジントン、ベルグレーヴィアといった地区には、上流階級の暮らすタウンハウスが建ち並ぶ立派な大通りがあるけれど、そこからちょっと裏に入ると狭い小路が走っている。たいていは石畳で、奥へ進むと馬小屋や使用人地区、さらに現代だとガレージに通じている。こうした小路を「ミューズ」という。

「ミューズ」（mews）という名前の起源は 14 世紀後半、国王が王室のため鷹狩り用の鷹をチャリング・クロス地区で飼い始めたときにまでさかのぼる。

第 1 章　時代をまたいで

「ミューズ」の単数形「ミュー」(mew)は、もともとは鷹の羽が抜け替わる時期を意味していて、この時期の鷹は飛ばすことができないので籠に入れて飼育されていた。時代が下ると、この語は籠そのものを指すようになり、チャリング・クロスの鷹飼育場は「キングズ・ミューズ」と呼ばれるようになった。飼育場は火事のあと1534年に厩舎(馬小屋)に建て替えられたが、名前はそのまま残った。19世紀初頭、ジョージ4世が王立厩舎をバッキンガム宮殿に移し、跡地にはトラファルガー・スクエアが作られた。

そういうわけで、立派なタウンハウスの裏に馬小屋へ通じる小路が新たに作られると、その小路にも「ミューズ」という名がつけられるようになったのである。

ロンドンで
いちばん大きな公共広場は、
広さ約3万m²の
リンカンズ・イン・フィールズだ。
1630年代に作られ、
その名は隣にある法学院
リンカンズ・インから取られた。

ロンドンでいちばん小さな広場

注目　ピカリング・プレース
場所　セント・ジェームズ・ストリート, SW1A 1EA

セント・ジェームズ地区にあるワイン店ベリー・ブラザーズ＆ラッドの脇には、建物をくぐる狭くて暗い路地があり、その路地を進むとステキなサプライズに出会える。突き当たりに、ロンドンでいちばん小さな広場があるのだ。

1730年代に作られたピカリング・プレースは、小さいながらも見事なタイムカプセルで、ここに立つとジョージ王朝時代のロンドンに戻ったような気分になる。

今でこそ静かで落ち着いて見えるけれど、人目につかない場所なので、はじめのころは賭博場や決闘の場として悪名をとどろかせていた。「ここでイングランド最後の決闘が19世紀に行なわれた」という都市伝説もある。

ちなみに、路地の入口に古い銘板があるので見つけてほしい。そこには、テキサスがアメリカ合衆国に併合される前の1842年から1845年まで、ここにテキサス共和国の公使館(今でいう大使館のようなもの)があったと記されている。

気分はエジプト

注目 スフィンクス像
場所 リッチモンド・アヴェニュー, N1 0NA

ロンドン北部イズリントン地区にあるリッチモンド・アヴェニューは、緑が多くて美しい、ごくごくありふれた通りだ。けれど、建ち並ぶ家を改めてよく見ると、そのうちの何軒かにはエジプトのスフィンクスが門番のように鎮座しているのに気づく。1798年、ナポレオン・ボナパルトの指揮するフランス遠征軍がエジプトに上陸した。この遠征軍には数多くの研究者や科学者が同行していて、上陸するとすぐにエジプトの文化や古代文明の研究に着手した。ちなみに、現在大英博物館に収蔵されている有名なロゼッタ・ストーンは、このときに発見されたものだ。

フランス軍がやってきて1か月後、ホレイショー・ネルソン率いるイギリス艦隊が停泊中のフランス艦隊を撃破し、フランス陸軍はエジプトで身動きが取れなくなった。これが、ナポレオン戦争の大きな転換点となった。

ネルソンが勝利すると、イギリスで

はエジプトのあらゆる文物への関心が一気に高まった。1841年、リッチモンド・アヴェニューに家が建ち始めると、「NILE」（ナイル）と刻まれたスフィンクス像やオベリスクが、住宅開発地区ソーンヒル・エステートの設計者ジョーゼフ・ケイによって次々と設置されていった。

スタッコが当たり前に

注目　スタッコ（化粧漆喰）
場所　ベルグレーヴ・スクエア, SW1X 8NT; カンバーランド・テラス, NW1 4HS

ロンドン市内には何か所か、輝くようなクリーム色または白色のスタッコ（化粧漆喰）で塗られた建物をたくさん見かける地区がある。

18世紀後半から、建物の1階部分の外壁を塗るのにスタッコが使われ始めた。摂政時代（1811〜20。ジョージ3世時代末期、のちのジョージ4世が摂政を務めていた時代）からヴィクトリア時代の初期にかけて、邸宅やテラス全体にスタッコを塗って、表面がなめらかで色むらのないファサードを作ることがどんどん流行していった。石灰モルタルを主な原料とするスタッコは、外壁に塗ればレンガ積みを隠して石そっくりの見た目になるし、製造コストもとても低かった。

摂政時代の大建築家ジョン・ナッシュとトマス・キュービットは、スタッコを熱心に採り入れていた。トマス・キュービットの業績でいちばん有名なのは、1820年代にウェストミンスター侯爵リチャード・グローヴナーの依頼でベルグレーヴィア地区とピムリコ地区にある侯爵所有の土地に住宅を建てたことだ。今も両地区を散策すると、例えばベルグレーヴ・スクエアがいい例だが、当時の建物がどれも新築同然であるのが分かる。

ジョン・ナッシュは、リージェンツ・パーク周辺に、スタッコを塗った息をのむような邸宅や、新古典主義の壮大なテラスハウスを設計した。その代表がカンバーランド・テラスだ。1826年の完成で、この邸宅にナッシュは古代ギリシアの神殿にヒントを得て、棟と棟とをつなぐ凱旋門、イオニア式円柱が並ぶコロネード（列柱）と、その上に載る巨大なペディメント、神話の登場人物の彫像など、いろんな特徴を採り入れた。

第 1 章　時代をまたいで

買い物するなら

注目　ジョージ王朝時代の店舗
場所　ディーン・ストリート88番地, W1D 3ST; アーティレリー・レーン56番地, E1 7LS; ウォーバーン・ウォーク, WC1H 0JJ

18世紀に中産階級が成長し始めると、それにつれてショッピングしたいという欲求も高まった。現在のロンドンには、店構えにジョージ王朝時代の姿がそのまま残る店舗は多くないが、だからこそ今も残る当時の店舗はとても貴重だ。

その特徴は、商品を陳列するため小さな板ガラスを何枚も使って作った出窓にある。そうしたジョージ王朝時代の特徴がよく残っているのが、ディーン・ストリート88番地の店舗だ。1791年に建てられた建物で、現在は第2級指定建造物として保存の対象になっている。正面は木製で、塗装されていて、大きな出窓がふたつある。このほかにジョージ王朝時代の店は、アーティレリー・レーン56番地や歩行者用道路ウォーバーン・ウォークにもある。

監視の目

注目　見張り小屋
場所　セント・メアリー教会（ロザーハイズ）, SE16 4JE; セント・メアリー・マグダレン教会（バーモンジー）, SE1 3UW

18世紀から19世紀の墓地には、ときに「見張り小屋」が建てられることがあった。「それがどうした？」と思うかもしれないけれど、実はこれ、ずいぶん怖い話なのだ。

18世紀後半、医療の発展に伴って、解剖学研究に使う人間の死体を求める需要が高まった。1832年に解剖法ができるまで、そうした研究に使えるのは処刑された犯罪者の死体だけだった。けれども、処刑者数は減り始めていて、需要と供給にギャップが生まれていた。

いかにもロンドンらしい話だが、このギャップを埋めようとする商魂たくましい者たちがいた。「死者再生人」こと死

アーティレリー・レーンと、
その近くにある
アーティレリー・パッセージという
2本の道の名前に共通する言葉
「アーティレリー」
（artillery）は、
「大砲」を意味している。
こんな街路名になったのは、
ヘンリー8世の時代、
この一帯が軍の演習場になり、
主に大砲や石弓、長弓の
訓練が行なわれていたからだ。

043

体泥棒で、彼らは埋葬されたばかりの死体を墓場からひそかに掘り出して解剖学者に売るという、ゾッとするような仕事に手を染めた。

死体泥棒を阻止するため、いろいろな対策が講じられた。例えば、壊れにくい鉄製の棺が利用されたり（セント・ブライド教会の地下聖堂で実物を見ることができる）、棺を入れるケージ「モートセーフ」が使われたりした。

そうした対策のひとつが見張り小屋だった。これは、たいていは平屋または2階建ての簡素な小屋で、墓地の入口に建てられていた。今もロザーハイズ地区のセント・メアリー教会と、バーモンジー地区にあるセント・メアリー・マグダレン教会付属墓地のそばには、見張り小屋が現存している。どちらも1820年代に建てられたものだ。

第 1 章　時代をまたいで

帝国の首都
（1837 〜 1914）
世界的大都市から第 1 次世界大戦まで

一般大衆向けに

注目　ヴィクトリア時代のテラスハウス
場所　ラドブルック・ガーデンズ，W11 2PT；フェンティマン・ロード，SW8 1JY；クロフトダウン・ロード，NW5 1EN；グルームブリッジ・ロード，E9 7DH

ヴィクトリア時代（1837 〜 1901）のロンドンは人口が急増し、1800年には約100万人だったのが、1900年には600万人ほどになった。当然ながら新たな住宅が必要になったけれど、家のタイプとして選ばれるのは、この時代になっても決まってテラスハウスだった。19世紀半ばから鉄道網の整備が進むと、ロンドンの市域はかつて農村だった地域にまで大きく広がり、そのためロンドン中心部の外側にある家は大半がヴィクトリア時代のテラスハウスということになった。

　一般にヴィクトリア時代のテラスハウスは、ひとつ前の時代であるジョージ王朝時代のテラスハウスと比べて、玄関ポーチや出窓など、いくつか新しい特徴がある。窓ガラスも、1847年に圧延による板ガラスの製造方法が発明されたおかげで全体として以前より大きくなり、ガラスが上2枚、下2枚という組み合わせの上げ下げ窓がいちばんポピュラーになった。

　外壁も、18世紀は無地のレンガで、19世紀初頭はスタッコだったのが、時代が下るにつれて彩色レンガやテラコッタが代わりに使われることが多くなった。ほかに注目すべき共通の特徴に、破風部分の装飾が精巧になったこと、屋根の勾配が急になったこと、ステンドグラスや塔、タレット（装飾用の小塔）といったゴシック建築の特徴が採り入れられていることなどが挙げられる。

> ロンドンは、
> 1820年代後半から
> 1920年代まで
> 世界でいちばん
> 人口が多い都市だった。

045

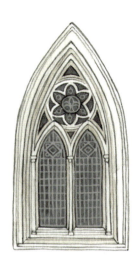

ゴシック様式の復活

注目　ゴシック・リバイバルの建築
場所　国会議事堂, SW1A 0AA; オール・セインツ教会（マーガレット・ストリート）, W1W 8JG; セント・パンクラス・ルネサンス・ホテル, NW1 2AR; 王立裁判所, WC2A 2LL

　ヴィクトリア時代はゴシック建築が復活したゴシック・リバイバルの時代でもあった。ゴシック・リバイバル様式は、古典主義建築が左右対称性と秩序を重んじていたのとは違って、建物ごとに違う個性を認め、精巧な装飾を擁護し、もっとキリスト教的でイギリス本来の建築様式と考えられたものに戻ろうと訴えた。

　国会議事堂が1834年に火事で焼け落ち、新たに建て直すことになると、新しい議事堂はゴシック建築であるウェストミンスター寺院とマッチするものがいいと考えられた。ゴシック様式による新たな国会議事堂は、古典主義建築家チャールズ・バリーが、ゴシック・リバイバルの先駆者オーガスタス・ピュージンの助けを借りながら設計した。

　というわけで、尖頭アーチ、幅がとても狭いランセット窓、ガーゴイルなどなど、ゴシック建築のさまざまな特徴が再登場した。ゴシック・リバイバル運動の実績はロンドンのあちこちで見ることができる。宗教建築としては、マーガレット・ストリートのオール・セインツ教会が代表例で、非宗教建築としては、セント・パンクラス・ルネサンス・ホテルや王立裁判所などがある。

第 1 章　時代をまたいで

ゴシックの秘宝

注目　トゥー・テンプル・プレース
場所　テンプル , WC2R 3BD

　ネオ・ゴシック様式の美しい実例が、堤防道路ヴィクトリア・エンバンクメントから少し離れた場所にある建物トゥー・テンプル・プレースだ。
　ジョン・ラフバラ・ピアソンによる設計で1895年に建設されたトゥー・テンプル・プレースは、もともと当時世界一の金持ちで、ウォルドーフ・アストリア・ホテルの創業者として有名なウィリアム・ウォルドーフ・アスターのために建てられたものだ。
　ポートランド石で作られた建物は、屋上を鋸壁（凸凹状の防壁）がぐるりと囲み、窓にはステンドグラスがはめられ、あちこちに複雑な石彫が飾られていて、まるで昔のイギリスを舞台にしたゴシック調のファンタジー世界から持ってきたみたいだ。
　この建物でぜひ注目してほしいのが、正面玄関の脇にある緑色のランプポストだ。よく見てみると、基部に子どもの天使がいて電話を掛けているのに気づく。トゥー・テンプル・プレースはロンドンでいち早く電話を引いた建物のひとつで、ウィリアム・ウォルドーフ・アスターは、そのことをぜひ自慢したいと思ったわけだ。
　それから、見学を終える前に屋上にも目を向けてほしい。クリストファー・コロンブスがアメリカへ行くとき乗っていた船サンタマリア号の形をした、黄金色の立派な風向計が見えるはずだ。

大酒飲みの殿堂

注目　ヴィクトリア時代のパブ
場所　パブ「プリンス・アルバート」, NW1 0SG; パブ「ロード・クライド」, SE1 1ER; パブ「ザ・スリー・クラウンズ」, N1 6AD

　19世紀に建てられたテラスハウスは、角地部分がヴィクトリア時代のパブになっていることが多い。角地部分は、2本の道路に面しているし、面積も広いので、たいていは最初からパブにするつもりで作られていた。

047

パブは、昔は薄暗くて小汚い飲み屋と考えられていたけれど、それがヴィクトリア時代後期からエドワード7世時代（1901〜10）に、ふんだんに装飾を施した、人目を引く珠玉の建築へと変わっていった。当時は大々的な「節制」運動が進行中で、節酒・禁酒が奨励されていたので、どのパブも何とかイメージを変えなくてはと思ったからだ。

イメージチェンジを実現させるのに欠かせない要素として、壁絵、彫刻を施した石細工、木製パネル、凝った装飾の照明器具が採り入れられた。

魅力的な色つきタイルを店の中と外の両方に貼ることも広まった。この時期、ビール会社の多くはパブを改装していて、例えばチャリントン・ブルワリーや、バークリー・パーキンズ、トルーマン・ブルワリーといった会社は、改装を自社ブランドの宣伝チャンスとして活用した。

階級の壁

注目　サルーンと「スノッブ・スクリーン」
場所　パブ「ザ・ブラックフライアー」、EC4V 4EG; パブ「ザ・ラム」、WC1N 3LZ

ヴィクトリア時代の人たちにとって階級の区別はとても重要で、それはパブの入口にも及んでいた。19世紀のパブには、比較的裕福な客のための特別室「サルーン」のある店が多かった。今も残っているサルーンを、パブ「ザ・ブラックフライアー」で見ることができる。

一部の店では、上流階級の客の姿を一般席に座る庶民から見えないようにするガラス・スクリーン、別名「スノッブ・スクリーン」という仕切り壁も設置された。これも、ホルボーン地区にあるパブ「ザ・ラム」に今も残っている。

トルコ風の
おもてなし

注目 ヴィクトリア時代のトルコ風呂屋
場所 ビショップスゲート・チャーチャード7番地〜8番地, EC2M 3TJ

せわしないビショップスゲート通りを避けて路地に入ると、思いも寄らないものに出会える。まるで中東から直接運んできたかのような、装飾の美しいヴィクトリア時代のトルコ風呂屋があるのだ。

この場所には1817年から風呂屋があり、現在の建物は1895年に建てられた。トルコ風呂とは、蒸気の代わりに熱気を使う蒸し風呂のことで、19世紀後半には、懐具合にかなりの余裕がある人たちのあいだで人気になった。最盛期には、ロンドンに100軒以上のトルコ風呂屋があった。

建物の形はエルサレムにある聖墳墓教会を模していて、外壁は彩色タイルとステンドグラスと、複雑な石彫細工で飾られている。風呂屋としては1954年に廃業し、現在はレストラン兼イベント・スペースになっている。

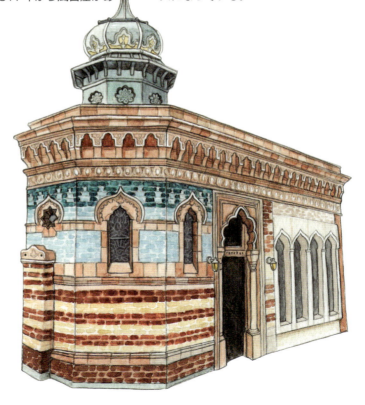

第 1 章　時代をまたいで

地下鉄のタイル

注目　赤茶色のタイルを貼った地下鉄駅
場所　コヴェント・ガーデン駅, WC2E 9JT; サウス・ケンジントン駅, SW7 2NB

　ロンドンに272ある地下鉄駅のうち、いかにもロンドン地下鉄らしいのは、「オックスブラッド」と呼ばれる赤茶色をした、光沢のあるテラコッタのタイルを貼った駅だ。設計したのはレズリー・グリーンという人物で、彼は1903年、ロンドン地下電気鉄道会社から50の駅の設計を任された。
　手がけた駅は、ほとんどが2階建ての建物で、アーチ型の大きな窓があり、上の階を建て増しできるよう屋根は平らになっている。残念ながらグリーンは、この仕事のストレスで健康を損ない、1907年にやむなく引退した。そのわずか1年後の1908年、惜しくも33歳の若さで世を去った。
　キルバーン・パーク駅、メイダ・ヴェール駅、それとパディントン駅のベーカールー線入口は、どれもグリーンの死後に建設されたが、彼の設計思想を受け継いで作られている。

幽霊ホーム

注目　地下鉄の廃駅
場所　旧ダウン・ストリート駅, W1J 7JU; 旧オールドウィッチ駅, WC2R 2NE

　ロンドンの通りを歩いていると、たまに廃駅に遭遇することがある。地下鉄の駅は、収支の面から営業続行が難しくな

051

ると廃止されるのがふつうだったけれど、建物自体は役割を変えて残ることが多かった。

　ダウン・ストリート駅は、グレート・ノーザン・ピカルディー・アンド・ブロンプトン鉄道の駅として1907年に開業した。しかし、近くにハイド・パーク・コーナー駅とグリーン・パーク駅があったため、乗降客数が伸びず1932年に廃止された。ところが、駅の建物自体は第2次世界大戦で新たな人生を歩むことになり、戦時中は鉄道管理委員会の本部として使われ、その後はチャーチル率いる戦時内閣の基地になり、ロンドン官庁街の地下に内閣戦時執務室が建設されるまで利用された。

　ストランド通りの近くにある1907年開業のオールドウィッチ駅も、戦時中に利用された。大英博物館が、古代ギリシアの大理石彫刻群「エルギン・マーブルズ」を敵の空襲から守るため、オールドウィッチ駅とホルボーン駅を結ぶトンネルに避難させたのである。この駅はピカデリー線から分かれた支線にあったのだけれど、支線にはほかに駅がなく、それもあって1994年とうとう廃止された。

　こうした廃駅は今もときどき映画の撮影に使われているし、ロンドン交通局も折に触れて廃駅を巡るツアーを実施している。

線路でバッサリ

注目　パブ「ザ・ウィートシーフ」
場所　ストーニー・ストリート6番地, SE1 9AA

　19世紀半ばに鉄道が登場したことでロンドンは一変した。市域を広げて周囲の農村部をもっと取り込めるようになっただけでなく、ロンドンの物理的風景も変わった。何しろ、巨大な駅と線路が市内の道路を縫うようにして通されたのだ。その結果、家が1軒だけ、あるいは数軒だけ周囲から切り離されてしまうことも多く、今も線路沿いに目を向けるとそうした家々が目に入る。

　この20世紀版というべきおもしろい事例がバラ・マーケットにある。パブ「ザ・ウィートシーフ」は1770年代に開店し、その後1840年に3階建てに改築された。ところが2009年、パブは4年も一時休業することになり、そのあいだに3階部分が完全に撤去されて、線路網拡張計画「テムズリンク・プログラム」の一環として鉄道用の高架橋が店の上に通されたのだった。

死の鉄道

注目 ロンドン・ネクロポリス鉄道
場所 ウェストミンスター・ブリッジ・ロード121番地, SE1 7HR

19世紀の半ばまでにロンドン中心部の墓地はどこも満杯になっていた。

これを何とかするため、いくつかの民間企業が国の支援を受けて問題解決に乗り出した。かくして1852年、ロンドン・ネクロポリス会社によって、ロンドンの南に位置するサリー州に、当時としては世界最大となるブルックウッド共同墓地が新たに開設された。ここまではよかった。

次に問題となったのは、遺体と、その遺体の埋葬に参列する会葬者たちを、どうやって墓地まで運ぶかだ。そこで登場したのがネクロポリス鉄道だった。遺体と会葬者を輸送する専用鉄道として設立されたロンドン・ネクロポリス鉄道は、ブルックウッドとウォータールーに終・起点駅を置き、既存の主要路線から分岐する形で線路が敷かれた。独自の車両も保有していて、最盛期には1年に2000の遺体をブルックウッドに運んでいた。ただ、利益が思うように上がらず、戦争での被害もあって、結局1941年に廃線になった。

この死者を運ぶ鉄道の痕跡としてロンドンで唯一残っているのが、ウェストミンスター・ブリッジ・ロード121番地の建物だ。1901年に建てられたもので、もともとは1等車の乗客用の入口だった。1等車の客は、ほかの客よりも上等な出迎えを受け、豪華な客車に乗り、棺が列車に積み込まれるところを見学でき、墓地で棺を埋める場所を選ぶことができた。また、いかにもヴィクトリア時代らしい話だが、生きている乗客だけでなく死者も等級で分けられていて、棺が1等か2等か3等かによって別の車両に積み込まれていた。

大砲を抱く女性

注目 帝国の威容を示すエドワード7世時代建築
場所 アドミラルティ・アーチ, SW1A 2WH

20世紀になった時点で、ロンドンは世界最大の都市であり、世界最大の帝国の心臓部だった。当時ヨーロッパ列強は、世界中で版図を広げるために競い合い、軍事力を強化していた。

そうした状況から生まれたのが、イギリスの帝国としての力を見せつけることを意図したエドワード7世時代のネオ・バロック建築だ。この建築様式は、円柱、ペディメント、三角形を作るよう配置された彫像群などを特徴としていて、古代ギリシア・ローマの諸帝国を連想させるし、クリストファー・レンの堂々としたバロック建築にもよく似ている。

代表的な例に、オーストラリア・ハウ

053

スや、ホワイトホール通りにある旧陸軍省ビルがあるけれど、中でもひときわ目を引くのが、トラファルガー・スクエアにあるアドミラルティ・アーチだ。海軍本部の庁舎として設計された建物で、迫力のある記念建造物という役割もあった。落成は1912年で、設計者は、バッキンガム宮殿の東側ファサードとヴィクトリア女王記念碑の設計も担当したアストン・ウェッブである。彼の狙いは、バッキンガム宮殿からセント・ポール大聖堂までを王族が行列行進するときのルートにアドミラルティ・アーチを組み込むことにあった。

アドミラルティ・アーチの西側には、彫刻家トマス・ブロックの手になる2体の女性像があり、それぞれ「航海術」(Navigation) と「砲撃術」(Gunnery) と名づけられている。このうち、「砲撃術」と名づけられた女性像は、愛おしそうに大砲を抱きかかえている。

派手で華やか

注目 アール・デコ建築
場所 旧デイリー・テレグラフ・ビル, EC4A 2BJ; フーヴァー・ビル, UB6 8AT; ダイムラー・カー・ハイヤー・ガレージ, WC1N 1EX

1920年代から1930年代のヨーロッパでは、アール・デコ様式が花開いた。大胆な幾何学模様、流線、原色、湾曲した構成要素を特徴とする様式で、それらがすべて合わさって退廃とぜいたくと現代性を象徴していた。

フリート・ストリートにある旧デイリー・テレグラフ・ビルは、1928年完成のすばらしい建築物で、ドリス式円柱のコロネードなどの古典主義的特徴と、1930年に設置された色鮮やかな美しい時計に見られるアール・デコの特徴を見事に融合させている。

このほか、純粋にアール・デコ様式の建物としては、イーリング地区のフーヴァー・ビル（1932年）とブリームズベリー地区のダイムラー・カー・ハイヤー・ガレージ・ビル（1931年）がある。

オーストラリア・ハウスは、
オーストラリア大使館のある
建築物で、
建設は1918年。
現在イギリスでいちばん長く
大使館が入っている建物だ。
ハウス内のグランド・
セントラル・ホールは、
映画『ハリー・ポッター』
シリーズで
グリンゴッツ銀行の
店内として利用された。

ロンドンに立つ
2匹の黒猫

注目 エジプト熱の影響を受けた建築
場所 カレラス・タバコ工場, NW1 7AW; 旧カールトン・シネマ, N1 2SN

　1928年に開業した旧カレラス・タバコ工場は、ロンドンでも5本の指に入る風変わりな建物だ。

　アール・デコ建築は、1922年にハワード・カーターがツタンカーメンの墓を発見したのに刺激されて、エジプトの文物にヒントを得た特徴を取り入れることが多かった。カレラス・タバコ会社の旧工場は、猫の頭をした古代エジプトの女神ブバスティスの神殿をモデルにしたと言われているが、同社のロゴも、うまい具合に黒猫だった。そのため、入口の両脇には大きな黒猫の像が2体、建物を守るように立ち、ファサードには装飾として黒猫の顔がいくつも並んでいる。ほかに特徴として、カラフルな装飾が施された円柱と、石に刻まれた社名が挙げられる。工場の竣工式では、建物前の道路で古代エジプトを連想させる2輪戦車競走も行なわれたそうだ。現在、この建物は「グレーター・ロンドン・ハウス」という名のオフィスビルになっている。

　ほかに1920年代から1930年代のエジプト熱から影響を受けた建物としては、エセックス・ロードにある旧カールトン・シネマ映画館（1930年）がある。

第 1 章　時代をまたいで

戦争と復興
(1914〜)
世界大戦から現代まで

戦化粧(いくさげしょう)

注目　第 2 次世界大戦時の迷彩塗装
場所　ストーク・ニューイントン・タウンホール , N16 0JR

　ストーク・ニューイントン・タウンホールは、旧ストーク・ニューイントン区の区役所として1935年から1937年に建てられた。第 2 次世界大戦が始まると、区当局は、この新築ピカピカの区役所をドイツ軍の爆撃機がロンドン上空を飛ぶときの目印として利用するのではないかと心配し、建物の外壁に迷彩塗装を施した。

　建物は運よくほとんど無傷で終戦を迎え、迷彩塗装は、一部はもうはげているけれど、今もまだ残っている。

防空壕へ逃げろ

注目　地下防空壕
場所　トテナム・コート・ロード79番地〜80番地 , W1T 4TD; チーニーズ・ストリート13番地 , WC1E 7EY

　1940年 9 月に始まり1941年 5 月まで続いたロンドン大空襲では、多くのロンドン市民が地下鉄に避難した。

　空襲はまだまだ続くと予想されたので、イギリス政府は市民を守るためロンドン各地に地下防空壕を作ることにした。建設された防空壕は 8 つで、どれも最大8000人を収容でき、トイレ、 2 段ベッド、簡易食堂といった設備もあった。

　完成したのは1942年だったが、そのころには空襲の回数もずいぶん減っていたので、防空壕は主に軍用物資の保管庫や職員の宿泊施設として活用された。それでも 5 つは、1944年から1945年にV 1 ロケットとV 2 ロケットが撃ち込まれたとき防空壕として利用された。

戦時中の秘密地下壕

注目　海軍本部要塞
場所　ホース・ガーズ・パレード広場，SW1A 2AX

　ホース・ガーズ・パレード広場のそばに、無骨さを特徴とするブルータリズム建築の建物がある。窓のない建造物で、その名を海軍本部要塞という。周囲の風景から完全に浮いていて、現代人が見るとちょっと信じられない話だが、実はこの建物、秘密の地下壕として建てられたものだ。

　地下防空壕は地下鉄ノーザン線に沿って配置され、どの防空壕も入口がふたつあった。入口は、たいてい窓のない円形の建物で、レンガとコンクリートでできている。そうした入口のうち都心にいちばん近いのは、地下鉄グージ・ストリート駅近くの、トテナム・コート・ロードにある入口とチーニーズ・ストリートにある入口だ。チーニーズ・ストリートの入口は「アイゼンハワー・センター」と呼ばれていて、大戦末期には連合軍の司令部として利用されていた。現在は文書保管庫として使われている。

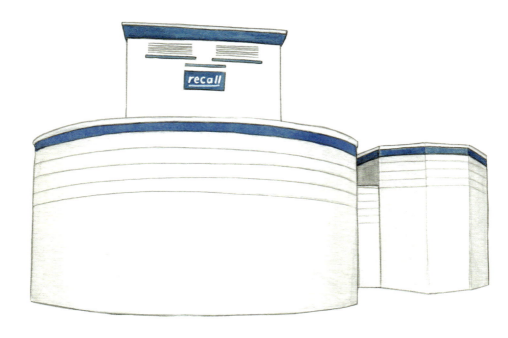

ウィンストン・チャーチルから「怪物のような巨大建造物」と呼ばれた海軍本部要塞は、海軍本部の司令部機能を持った防空地下壕として1940年から1941年に建造された。深さ9mの基礎と、厚さ6mのコンクリート製の屋根で守られ、ホワイトホールの官庁街とはトンネルで結ばれていて、万が一敵が上陸してきたときに備えて銃眼のついた銃座もある。

建造中は秘密厳守が最優先され、当初マスメディアにはその存在すら気づかせなかった。現在も国防省が使っていて、外壁を覆うツタが季節によって色を変えるので、ときにふだんと違う美しさを示すことがある。

ここだけ違う

注目　戦後の高密度集合住宅
場所　オヴィントン・スクエア22番地〜26番地, SW3 1LR; クロムウェル・ロード9番地〜11番地, SW7 2JA

ロンドンの街歩きをしていると、ときどき市内の建築物群が爆弾の落ちた場所を示す地図みたいに思えることがある。例えばロンドンで18世紀か19世紀に作られた歴史ある地区を歩くと、明らかに周囲とマッチしていない集合住宅に突然出くわす。そうした集合住宅は、空襲で被災した場所に戦後建てられたものだ。

このことは、スタッコを塗った光り輝く19世紀のタウンハウスが建ち並ぶロンドン西部を歩けば、もっとはっきりする。ロンドン西部は空襲の被害が比較的少なく、そのためところどころに、テラスハウスの真ん中にモダニズム的な高密度集合住宅がすっぽりはまったように建てられている場所があるのだ。

戦争の傷跡

注目 爆弾の破片による傷跡
場所 クレオパトラの針, WC2N 6PB; ヴィクトリア・アンド・アルバート博物館, SW7 2RL; テート・ブリテン, SW1P 4RG; チェンバー・ストリート, E1 8AP

第2次世界大戦では、ロンドンに推計で1万2000トン以上の爆弾が落とされていて、そのためロンドンには戦争の傷跡がけっこう残っている。

小さくえぐられた傷が無数にできている石がそれで、そうした傷は、たいていが第2次世界大戦で落とされた爆弾の破片でできたものだし、中にはクレオパトラの針にある傷のように、第1次世界大戦のとき飛行船や飛行機から落とされた爆弾でできた傷もある。そうした傷跡を今も残している建物は、例えばヴィクトリア・アンド・アルバート博物館やテート・ブリテンのように、ポートランド石などの建材で建てられた比較的堅牢な建築物であることが多い。

イーストエンドは特に空襲の被害がひどく、例えばステップニー地区のように、戦後になってから地区全体を事実上ゼロから再建しなくてはならなかった場所もあった。そんなイーストエンドには、爆弾の破片による傷跡はほとんど残っていない。これは、イーストエンドで被害に遭ったのは基本的に庶民の家か工場で、そうした建物は他の地域のよう

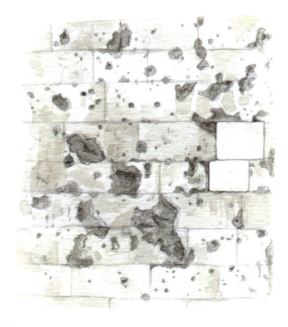

に修復されたり保護されたりしなかったからだ。それでも、イーストエンドにわずかに残る爆弾の破片による傷跡を、チェンバー・ストリートとマンセル・ストリートの交わる角で目にすることができる。

コンクリート製の祭壇

注目　セント・ポール教会（ボー・コモン）
場所　バーデット・ロード, E3 4AR

　恐ろしかった第2次世界大戦が終わると、ロンドンをどう再建するか決めなくてはいけなくなった。再建で目指したのは、平和で明るい理想的な未来を切り開く都市だ。こうした事情を背景に生まれたいろいろな建築の中でも、とりわけ衝撃的だったのがブルータリズム建築だった。ブルータリズム建築は、機能的・社会主義的と見なされていて、20世紀初頭に人気だった装飾の多い様式への反動だと考えられていた。この様式は、バービカン団地やトレリック・タワーといった住宅のほか、ナショナル・シアターやサウスバンク・センターなどの公共建築物にも見られる。

　ちょっと信じられないかもしれないが、ブルータリズム建築の教会も存在する。タワー・ハムレッツ区のボー・コモン地区にあるセント・ポール教会だ。初代の教会はヴィクトリア時代に建てられたが、ロンドン大空襲で焼失したため、跡地に現在の教会が建てられた。落成は1960年で、ロバート・マグワイアとキース・マリーという2名の建築家が設計した。当時の牧師グレシャム・カークビーは、急進的なキリスト教社会主義者で、新しいロンドンには、それにふさわしい新たな教会が必要だと思っていた。彼は聖職者と一般市民の垣根を取り払う典礼刷新運動の支持者で、そのため教会内部は、コンクリート製の祭壇が部屋の中心に置かれ、周りに衝立や仕切りはなく、いつも明るい身廊には幾何学的な形をしたガラスの天井から光が差し込んでいる。

ブルータリズム建築である
シティ地区の
バービカン団地へ行ってみると、
コンクリートの表面がとても
デコボコしているのに気づく。
この質感は建設後に
加えられたもので、
内部の花崗岩骨材を見せるため、
職人がピックハンマーを持って
手作業で地道に
コンクリートを削って
作り出した。

まさかの炎上

注目 20フェンチャーチ・ストリート、通称「ウォーキー・トーキー」
場所 フェンチャーチ・ストリート, EC3M 3BY

　高層ビルの設計は計画どおりにいくとは限らない。商業ビル「20フェンチャーチ・ストリート」、通称「ウォーキー・トーキー」（トランシーバーのこと。形が似ているので）の建設中、マーティン・リンゼーという人物がビルの近くに愛車ジャガーを駐めて用事に出かけ、2時間後に戻ってきたところ、何と車の外装が溶けていたのだ。ウォーキー・トーキーが凹レンズのような形をしているため、太陽光が反射して下の道路に集まったのが原因だった。こんなことが2度と起こらないよう「サンシェード」が設置され、ビルは2014年に無事オープンした。マスメディアはおもしろがってウォーキー・トーキーを、「焦がす」を意味する「scorch」（スコーチ）と掛けて「ウォーキー・スコーチー」と呼んだり、「高層ビル」を意味する「skyscraper」（スカイスクレーパー）と「焼く」を意味する「fry」（フライ）を合わせて「フライスクレーパー」と呼んだりした。

ロンドンの斜塔

注目 レドンホール・ビル、通称「チーズグレーター」
場所 レドンホール・ストリート, EC3V 4AB

　現代のロンドンを象徴するランドマーク的な建物といえば、「ガーキン」（キュウリのピクルス）、「シャード」（ガラスの破片）、「スカルペル」（手術用メス）といったニックネームをつけられた、さまざまな高層ビルだろう。
　そのひとつレドンホール・ビルは、リチャード・ロジャーズの設計で2014年に建てられた高層ビルで、先のとがったシルエットから「チーズグレーター」（チーズおろし器）のニックネームで知られている。この特徴的な形は、フリート・ストリートからセント・ポール大聖堂を見たときにビルが背景に入らず、保護された景観を維持できるようにするためだった。

第 1 章　時代をまたいで

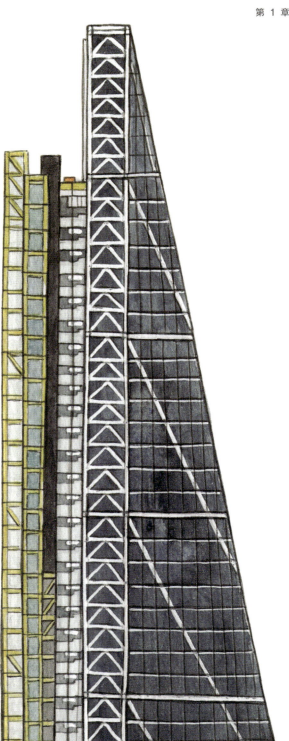

街歩きルート　1

地下鉄タワー・ヒル駅から
リヴァプール・ストリート駅まで（2.3km）

　シティ地区とその2000年の歴史を、各時代の建築に目を向けながら、ぶらぶら散策してみよう。

1　クーパーズ・ロウにある古代ローマ時代の市壁跡（13ページ「古代ローマの遺跡」参照）
2　セント・オーラヴ教会（19ページ「恐ろしくてゾッとする」と99ページ「『いずれ死ぬ身であることを忘れるな』」参照）
3　戦争省の標識（138ページ「奇妙な矢印」参照）
4　オール・ハローズ・バイ・ザ・タワー教会（12ページ「モザイクの床」と14ページ「歴史を伝えるアーチ」参照）
5　セント・ダンスタン・イン・ザ・イースト・チャーチ・ガーデン（193ページ「戦争と平和」参照）
6　ピーク・ハウスに設置されたラクダのフリーズ（112ページ「その背に積んでいるものは」参照）
7　イーストチープ33番地〜35番地の彫刻（104ページ「大作家が描いた猪」参照）
8　フィルポット・レーンの「2匹のネズミ」の彫刻（115ページ「ロンドンでいちばん小さな彫刻」参照）
9　20フェンチャーチ・ストリート、通称「ウォーキー・トーキー」（62ページ「まさかの炎上」参照）
10　レドンホール・ビル、通称「チーズグレーター」（62ページ「ロンドンの斜塔」参照）
11　セント・ヘレン教会にある大砲のボラード（131ページ「ボラードは戦う」参照）
12　ビショップスゲート60番地-62番地にあるビーバーの形をした風向計（111ページ「川もダムもないけれど」参照）
13　ビショップスゲート115番地の彫刻（71ページ「忘れられた門」参照）
14　セント・ボトルフ・ウィズアウト・ビショップスゲート教会（78ページ「旅行者の守護聖人」参照）
15　ヴィクトリア時代のトルコ風呂屋（50ページ「トルコ風のおもてなし」参照）

第 1 章 時代をまたいで

065

第2章

ロンドンの暗号を解く

ロンドンには、時代とともに積み重ねられた非常に豊かな歴史がある。もちろん無傷というわけではないけれど、他のヨーロッパ諸国の首都に比べれば、大規模な再開発や徹底的な破壊からは、どちらかと言えば免れてきた。
そのため、各時代の記憶や痕跡が、都市空間の中に織り込まれて今も残っている。シンボルマークや紋章は世代から世代へと伝えられてきたけれど、そうするうちに意味が分からなくなったものもある。そうした図像を理解することが、ロンドンの暗号を解いて魅力あふれる過去への扉を開けるカギとなる。

名前が何だと言うのでしょう？

通り、パブ、教会の名前を読み解く

中世の市場

注目 チープサイド
場所 シティ地区, EC2V

　通りの名前には、昔その場所で行なわれていた商売に関係するものが多い。とりわけ、ロンドンでいちばん古いシティ地区では、多くの道路にそうした名前がついている。ウッド・ストリート、ミルク・ストリート、ブレッド・ストリート、トランプ・ストリート（トランペットの販売に関係していた）は、どれもそうした例だ。

　そうした道路の多くは、中世のロンドンで主要な市場通りのひとつだったチープサイド通りに通じている。「チープサイド」（Cheapside）という名前は、古い英単語「chepe」に由来していて、さらにさかのぼると、古英語で「市場」または「買う」を意味する「ceapan」に行きつく。

臓物は放るもん

注目 プディング・レーン
場所 シティ地区, EC3R

　食べ物や商売に関係する名前には、解読するのにちょっと頭をひねらなくてはならないものがある。例えばプディング・レーンは、フランス語で「豚の血と脂身を使ったソーセージ」を指す「boudin」（ブーダン）に由来する。「ブーダン」は、くず肉や臓物を指す一般的な用語として使われ、やがて時代とともに語形が崩れて（食肉の話なので「解体されて」と言ってもいいかも）「プディング」（pudding）になった。

　通説によると、昔チープサイド通りの食肉解体業者たちは、売り物にならない臓物などを船で遠くに捨ててもらっていて、そうした臓物を川辺で待機している船まで運ぶのに、この道路を使っていたようだ。

068　LONDON
A Guide for
Curious Wanderers

失われた修道院

注目　クラッチド・フライアーズ
場所　シティ地区, EC3N

　16世紀に国王ヘンリー8世が修道院解散を始めるまで、教会や修道院はロンドンに広大な土地を持つ大地主だった。

　シティ地区にあるクラッチド・フライアーズ通りの名前は、1298年にこの地に創設された十字架修道会と関係している。この修道会では修道士たち（フライアーズ）が先端に十字架をつけた杖を持っていて、「クラッチド」（crutched）という語は、「十字架を持った」を意味する「crossed」が崩れた形であるようだ。十字架修道会は1539年に解散させられ、持っていた土地は国王に没収された。修道院の建物は、取り壊されて大工の作業場とテニスコートになったと言われている。

　クラッチド・フライアーズ通りには、こうした歴史を示すかのように、ふたりの修道士の像が立っているので、探してみてほしい。

看板は語る

注目 ハンギング・ソード・アレー
場所 シティ地区, EC4Y 1NA

ロンドンには、例えばリージェント・ストリートから分岐している小道マン・イン・ムーン（月世界の人）・パッセージとか、ファリンドン地区にあるフォックス・アンド・ノット（キツネと結び目）・ストリートとか、地下鉄バンク駅近くのポープス・ヘッド（教皇の頭）・アレーといった具合に、とっても変わった名前の通りがある。そうした名前のいくつかは、昔その通りで営業していて、今はもうなくなってしまったパブと関係している。住所の番地表示が18世紀に広まるまで、商店やパブは、正面入口の頭上に吊るされた看板に描かれた絵で区別されるのがふつうだった。しかも、そうした店の名前や看板の絵が通りの名前になることも多かった。

その極端な例のひとつが、フリート・ストリートの近くにあって、「吊るされた剣」という恐ろしげな名前を持つ小路ハンギング・ソード・アレーだ。この名前は、この地に16世紀中ごろに存在したフェンシング学校と、その学校の看板に描かれた吊るされた剣に由来しているらしい。

ただ、名前はずっと変わらないわけではない。18世紀、一時期ハンギング・ソード・アレーは、悪名高い酒場にちなんで「ブラッド・ボウル・アレー」（血の大杯小路）という、もっと恐ろしげな名前で呼ばれていた。

気位の高い貴族

注目 ヨーク・プレース（旧名オヴ・アレー）
場所 チャリング・クロス駅付近, WC2

地下鉄チャリング・クロス駅の近くに、ヴィリアーズ・ストリートから分かれた小路がある。現在はヨーク・プレースという名前だけれど、街路表示を見ると分かるように、昔はオヴ・アレーという名前だった。

修道院解散後、それまで教会が所有していた土地は、大半が貴族や寵臣に譲られた。ロンドンでは、特に17世紀以降に市街地が西へと広がり始めると、通りの名前に、土地を売ったり貸したりしてくれた地主の名前がつけられることが多くなった。現在ヨーク・プレース通りがある一帯には、その昔ヨーク・ハウスという大邸宅があった。13世紀にノリッジ司教のため建てられた屋敷で、その後1620年代にバッキンガム公爵ジョージ・ヴィリアーズが手に入れた。

息子で同名のジョージ・ヴィリアーズは、この屋敷を1672年に売却した。屋敷を取り壊して跡地に道路を通すためだ。ただ、土地を売るときヴィリアーズは、いかにも貴族らしい傲慢さで、ひとつだけ条件をつけた。跡地に作る道路す

第2章　ロンドンの暗号を解く

べてに自分にちなんだ名前をつけるよう求めたのだ。かくして、求めに応じて道路はジョージ・ストリート、ヴィリアーズ・ストリート、デューク・ストリート、オヴ・アレー、バッキンガム・ストリートと命名された。5つの街路名をすべて合わせると「ジョージ・ヴィリアーズ・デューク・オヴ・バッキンガム」つまり「バッキンガム公爵ジョージ・ヴィリアーズ」になるというわけだ。

世界でいちばん古い職業

注目　コック・レーン
場所　シティ地区, EC1A

　コック・レーンという通りの名前は、「コック」（cock）が「雄鶏」を意味することから養鶏や闘鶏と関係があると思うかもしれないが、実は雄鶏は無関係で、いわゆる世界でいちばん古い職業に由来するのだろうと考えられている（つまり、cockは「ペニス」という意味の方らしい）。中世の時代、この一帯は、法の裁きを受ける心配をせずに売春宿を経営できる、ロンドンでは数少ない場所のひとつだった。
　1762年、この通りに幽霊が出たといううわさでロンドンは持ちきりになった。当時コック・レーンには、ウィリアム・ケントという男がファニー・ラインズという女といっしょに住んでいた。ファニーが死んでしばらくすると、ふたりが暮らしていた下宿屋の部屋から壁を引っかくような音が聞こえるようになった。そこから「音の正体はファニーの幽霊で、自分を殺したウィリアムに取りつくため戻ってきたのだ」とのうわさがたったのである。自分の存在をアピールするのに使った変わった方法から、この幽霊は「コック・レーンの引っかきファニー」と呼ばれた。ちなみに音の正体だが、後になって、大家の娘が隠し持っていた木片で出していたものだと判明した。

忘れられた門

注目　ビショップスゲート
場所　ビショップスゲート115番地, EC2M 3UE

　ロンドンの市壁が古代ローマ人によって最初に建てられたのは、紀元200年ころだった。シティ地区にある通りの名前は、例えばロンドン・ウォール（ロンドンの市壁）、クロスウォール（市壁を横切る）、ハウンズディッチ（犬の濠）といったように、市壁との位置関係を示したものが多い（ちなみに「ハウンズディッチ」という街路名は、かつてその場所にロンドン市民が犬の死骸を投げ捨てる市壁外の濠があったことに由来している）。
　ロンドンの市壁には、門がもともと6つあり、その後1415年にムーアゲート

071

蓋をされた川

注目　ターナゲン・レーン
場所　シティ地区, EC4A

通りの名前の中には、ロンドンの失われた地形を教えてくれるものがあり、そのいくつかは、今では蓋をされて暗渠(あんきょ)になった廃河川の場所を示している。

フリート川、ウォールブルック川、エフラ川、ウェストボーン川といった河川が、今の私たちがロンドンと考えている地域を以前は流れていたけれど、ずいぶん昔に暗渠となり、今では地下排水管網の一部に組み込まれている（ロンドンの廃河川については184ページを参照）。

ファリンドン・ストリートから枝分かれしている小路のひとつに、ターナゲン・レーンがある。その名前（Turnagain）から、今は暗渠となってファリンドン地区の地下を流れるフリート川の位置が分かる。今でこそ流れる水の音がときどき聞こえるだけで川の姿はほとんど見えないけれど、18世紀より以前にターナゲン・レーンを歩いていくと、いずれ川にぶつかったはずだ。そうなったら「引き返し」(turn again)て別のルートを見つけなくてはならなかっただろう。

が追加されて7つになった。これらの門をかつて通っていた道路には、その門の名前がつけられていた。オールドゲート通り（Aldgate）もそのひとつで、名前の前半の「ald」は、「古い」を意味する「aeld」に由来すると考えられているが、もしかすると「全員が通れる門」ということで「全員」を意味する「all」から来ているのかもしれない。

7つの門は18世紀に交通渋滞解消のため取り壊されたが、ビショップスゲート115番地の外壁には、昔ここにビショップスゲートがあった記念として、司教がかぶる司教冠(ビショップ)の現代彫刻が飾られている。ちなみにビショップスゲートという名前は、7世紀のロンドン司教アーケンワルドから取られたと考えられている。

第 2 章　ロンドンの暗号を解く

ピッタリな名前

注目　リトル・ブリテン
場所　シティ地区 , EC1A

　ロンドンに数ある通りの名前には、「ペティ・フランス」や「ペティ・ウェールズ」のように、「小さい」を意味する「リトル」(Little)や「ペティ」(Petty)といった言葉のついたものがいくつかある。こうした名前は、昔その場所に住んでいた移民コミュニティーと関係がある。では、スミスフィールド・マーケットの近くにある「リトル・ブリテン」という通りの名前は、どう説明すればいいのだろう？

　もちろん、2000年代前半にイギリスでヒットしたテレビのコメディー番組『リトル・ブリテン』とは何の関係もない。一説によると、15世紀初頭に当時のブルターニュ公がこの地区にある邸宅に住んでいて、フランスの一地方であるブルターニュは英語で「リトル・ブリテン」ということから、この名前になったのだという。

悪魔とのダンス

注目　ブリーディング・ハート・ヤード
場所　ホルボーン , EC1N

　ときどきロンドンの街路名には、都市伝説や言い伝えが積み重なっていて謎解きしがいのあるものがある。そのひとつが、「血を流す心臓の庭」という意味の名を持つブリーディング・ハート・ヤードだ。

　この地名の由来についての説その1は、16世紀にこの地にあった同名のパブから取られたというものだ。言い伝えによると、店の看板には、聖母マリアの心臓に5本の剣が刺さっている絵が描かれていたそうだ。

　説その2は、説その1よりずいぶん眉唾物だし、そもそもかなり物騒な話だ。何しろこれは、1646年1月26日の夜にこの通りで起こったエリザベス・ハットン夫人殺害事件にまつわるものだからだ。

　話は、ハットン家の有名な舞踏会から始まる。舞踏会が最高に盛り上がっていたとき、正体不明の男が入ってきた。猫背で、右手は指が鉤爪のようになっている。男はハットン夫人をダンスに誘い、ふたりは夜が更けるまで飛び跳ねるように踊り続けた。舞踏会が終わりに近づくころ、ふたりはいっしょに夜の街へと消えた。翌朝、夫人の死体が現在ブリーディング・ハート・ヤードと呼ばれている中庭で発見された。発見時、心臓はま

073

だ動いていて石畳は血だらけだったと言われている。相手の男は悪魔だったに違いないとうわさされた。

くまなく探せば

注目 ベア・ガーデンズ
場所 サザーク, SE1

　ときに街路名は、ずっと昔に歴史書に記されるだけになった活動のヒントを教えてくれることがある。例えばウェストミンスター地区にあるコクピット・ステップス小路は、昔ここにあった闘鶏場ロイヤル・コクピットに由来している。

　バンクサイド地区は、シティ地区の管轄範囲外にあって、昔はここへ来れば、売春宿や劇場、熊いじめの見世物小屋など、ありとあらゆる違法な店に出入りできた。熊いじめの見世物小屋は「ベア・ガーデン」とも呼ばれていて、そんな見世物小屋が名前の由来となったのがベア・ガーデンズ通りだ。

　熊いじめとは、熊を鎖でつなぎ、そこに訓練を施した犬の集団をけしかけて戦わせる見世物で、ときには熊の代わりに牛や馬を使うこともあった。17世紀のイギリス海軍大臣サミュエル・ピープスは、これを「下品で不快な娯楽」だと書き残している。

　見世物小屋は、遅くとも16世紀には現在ベア・ガーデンズ通りのある場所にあり、そこで行なわれた記録に残る最後の見世物は、1682年の「美しいが気の荒い」馬へのいじめだった。

しからば鹿を看板に

注目 パブ「ザ・ホワイト・ハート」
場所 グレート・サフォーク・ストリート, SE1 0UG; ドルリー・レーン, WC2B 5QD; ホワイトチャペル・ハイ・ストリート, E1 7RA

　パブの店名としてイギリス中でいちばんよく見かけるのが、「白い鹿」を意味する「ザ・ホワイト・ハート」（The White Hart）だ。ロンドンにもザ・ホワイト・ハートという名のパブは、サザークに1軒、コヴェント・ガーデンのドルリー・レーンに1軒、ホワイトチャペル・ハイ・ストリートに1軒のほか、何軒もある。

　国王リチャード2世の時代だった1393年、すべての飲酒店に他店と区別できるよう看板を掲げることを義務づける法律が作られた。リチャード2世の個人紋章は白い鹿の絵だ。そこで、当然というべきか、国王にあやかろうとした人たちは、こぞってパブに「ホワイト・ハート」という名をつけた。

　これ以外に王家の紋章に由来する人気の店名には、王室紋章に描かれた3頭のライオンにちなんだ「ザ・レッド・ライオン」と、「ザ・ローズ・アンド・クラウン」がある。こちらは「バラと王冠」

第 2 章　ロンドンの暗号を解く

という意味で、その由来は、紋章が赤バラのランカスター家と白バラのヨーク家が王位をめぐって争ったバラ戦争をヘンリー7世が終わらせて、ひとつの王冠の下に国をまとめたことを祝ってつけられたものと考えられている。

ローマ人がルーツ

注目　パブ「ザ・ホリー・ブッシュ」
場所　ハムステッド, NW3 6SG

　パブの店名は、歴史を知るための立派な窓となることがある。例えばハムステッド地区に、古風な雰囲気の小さなパブ「ザ・ホリー・ブッシュ」（The Holly Bush）がある。建物は1790年に馬小屋として建設されたもので、その後1928年にパブに改装された。

　パブとしての歴史は浅いが、「セイヨウヒイラギの枝」を意味する店名の方は起源がずいぶんと古い。その昔、古代ローマ人は、イギリスにやってきたとき「taberna」（タベルナ）という単語も持ち込んだ。「店」や「屋台」という意味の言葉で、ときには食べ物や飲み物も売っていたらしい。ちなみに、この単語から現代英語で「居酒屋」を意味する「tavern」が生まれたと考えられている。タベルナは、ほかの建物と違って、ワインを売っていることを知らせるためブドウの葉を何枚かまとめたものを玄関先に吊るしていた。けれどもイギリスではブドウの葉はあまり手に入らなかったので、セイヨウヒイラギなど別の木の枝を使った。この習慣が後世に受け継がれ、それといっしょに「ザ・ブッシュ」あるいは「ザ・ホリー・ブッシュ」というパブの店名も伝わった。

> 英語には、
> 古代ローマ人が話していた
> ラテン語を語源とする単語が
> ほかにもたくさんある。
> 「配管」を意味する
> 「plumbing」もそのひとつだ。
> 古代ローマ人は配管に
> 鉛を使っていて、
> ラテン語では「鉛」を
> 「plumbum」といった。
> ちなみに、鉛の元素記号が
> 「Pb」なのも、
> このラテン語に由来する。

馬から下りて

注目　パブ「コーチ・アンド・ホーセズ」
場所　ブルートン・ストリート, W1J 6PT; ヒル・ストリート, W1J 5LD

　現在ロンドン中心部には「コーチ・アンド・ホーセズ」（Coach and Horses）という名のパブが6軒ある。そのうち1軒は、メイフェア地区のブルートン・ストリートに面する、チューダー朝の建物を模して作られた美しいパブで、もう1軒はヒル・ストリートにある。

　この名のパブは、「馬車と馬」という意味のとおり、たいていは昔の馬車宿を改装したものか、馬車宿のあった場所に建てられたものだ。鉄道が19世紀半ば

077

に登場するまで、いちばん速い移動手段は馬と馬車だった（ただし、金銭的余裕のある場合に限る）。

馬車宿は街外れにあることが多い。メイフェア地区にたくさんあるのも、ここが18世紀にはロンドンの端に位置していて、馬車や馬が頻繁に行き交っていたからだ。馬車宿は、くたくたに疲れた旅人と馬の両方に食事と寝床を提供していた。

客待ちの場所

注目　パブ「トゥー・チェアメン」
場所　ウェストミンスター, SW1H 9BP

パブ「トゥー・チェアメン」は、一説によるとウェストミンスターでいちばん古いパブだそうで、その歴史は18世紀半ばにまでさかのぼるが、現在の建物は20世紀初頭に建てられたものだ。

店の看板には、チェアマンがふたり描かれている。チェアマンといっても議長のことではない。「セダンチェア」という箱型の椅子駕籠を持って客を運ぶのを仕事とする、体格のがっしりした駕籠かきのことだ。有料で利用できるセダンチェアは、ロンドンには17世紀初頭に登場し、靴を泥で汚したくない裕福な人たちに人気の移動手段になった。

店名は、このチェアマンふたりがこのパブにしょっちゅう来ては、向かいの闘鶏場から出てくる客を待っていたことに由来する。

ちなみにセダンチェアは、19世紀にロンドンの市域が拡大して、ほかの交通手段の方が便利になると、廃れていった。

旅行者の守護聖人

注目　聖ボトルフにささげられた教会
場所　オールドゲート・ハイ・ストリート, EC3N 1AB; ビショップスゲート, EC2M 3TL; オールダーズゲート・ストリート, EC1A 4EU; ラドゲート・ヒル, EC4M 7DE

ロンドンの歴史は、大部分が市内にある教会の建物や名前と深く結びついている。だから、ある教会がどの聖人にささげられたものかが分かると、その地域の歴史を知る手がかりになる。聖ボトルフは旅行者の守護聖人で、そのため聖ボトルフにささげられた教会は、かつて市の城門のあった場所に建っていることが多い。そうした場所に教会があれば、ロンドンを出発する旅行者たちが旅の安全を祈ることができたからだ。

現在ロンドンに残る聖ボトルフにささげられた教会は、セント・ボトルフ・ウィズアウト・オールドゲート教会、セント・ボトルフ・ウィズアウト・ビショップスゲート教会、セント・ボトルス・ウィズアウト・オールダーズゲート教会の3つだ。教会名についている

第 2 章　ロンドンの暗号を解く

「ウィズアウト」（without）は、教会が市壁の外側に建っていたことを意味している。ちなみに、セント・マーティン・ウィズイン・ラドゲート教会は市壁の内側に建っていた。

ヴァイキングのロンドン

注目　セント・クレメント・デーンズ教会
場所　ストランド, WC2R 1DH

　地名は、確かに歴史を知るのに役立つことがあるけれど、答えよりも謎の方を多く生み出すこともある。

　ストランド通りにあるセント・クレメント・デーンズ教会は、聖クレメンスにささげられた教会で、教会名にある「デーンズ」とは、現在のデンマークから来たヴァイキング「デーン人」のことだ。でも、この「デーンズ」の由来が何なのか、はっきりしたことは分かっていない。それでも、ふたつの説がある。ひとつは、ヴァイキングが9世紀にロンドンのオールドウィッチ地区一帯を占領し、この教会を建てたという説だ。もうひとつの説はこうだ。9世紀末、アルフレッド大王はロンドンを奪回すると、イングランド人女性と結婚していたデーン人に、キリスト教に改宗することを条件に、この一帯に住むことを認めた。居住を認められたデーン人は、すでにあったのを受け継いだのか、それとも新たに建てたのか、ともかく聖クレメンスにささげられた教会を手に入れた。聖クレメンスは、デーン人にふさわしい船乗りの守護聖人で、この教会の入口近くには錨の紋章があるので探してみるといい。

　また、この教会はデーン系のイングランド王クヌート（カヌート）の息子ハロルド兎足王（在位1035〜1040）の埋葬地だと考えられている。これが教会名のほんとうの由来かもしれないが、確かなことはもう分からない。

もうひとつヴァイキングと関係ありそうな教会が、ハート・ストリートにあるセント・オーラヴ教会だ。その名前は、アングロサクソン系のイングランド王エセルレッド無策王とともにロンドンでデーン人と戦ったノルウェー王オーラヴ2世にちなんでいると考えられている。

図像を解読する
見慣れた絵やシンボルに隠された意味を解き明かす

大都会での動物探し

注目 同業組合のシンボルマーク
場所 蜜蝋商組合会館, EC2V 7AD; 刃物師組合会館, EC4M 7BR; 白目細工師組合会館, EC2V 7DE

シティ地区は、ロンドンのどこよりも不思議な図像にあふれている。そんなふうになっている大きな理由のひとつが、シティ地区に100以上ある同業組合の紋章とそこに描かれているシンボルマークだ。

同業組合は商人ギルドとして誕生した組織で、魚屋、食料雑貨商、金物屋など多くの同業組合は、その起源を中世にまでさかのぼることができる。現存するいちばん古い設立勅許状は、織工組合に与えられた1155年のものだ。同業組合の大半は、今も起源となった職業とのつながりを保っているけれど、現在では主に組合員同士の交流を目的とした慈善団体として、シティ地区独自の統治制度で役割を担っている。例えば、組合員はシティ・オヴ・ロンドン自治体の主要な役職に対する選挙権を保持しているし、シティ地区の要職である参事会員や首長であるロード・メイヤーになるには、いずれかの同業組合の組合員でなくてはならない。

どの同業組合にも独自の紋章があって、そこにはユニコーン（蜜蝋商組合）、象（刃物師組合。昔ナイフの柄に象牙が使われていたことに由来するらしい）、タツノオトシゴ（白目細工師組合）など、さまざまな動物や想像上の生き物が色鮮やかに描かれている。これらは、シティ地区にある同業組合会館の入口の上にも飾られている。動物やシンボルマークの大半は組合の職業と関係はないが、組合に個性を与え、その象徴になっている。

レパードを探せ

注目 金細工師組合のシンボルマーク
場所 セント・ジョン・ザカリー公園,
　　　 EC2V 7HN

　シティ地区に数多くあるポケット・パーク（ミニ公園）のひとつセント・ジョン・ザカリー公園の入口には、公園を守るかのように黄金のレパード（豹）またはライオンの顔が掲げられている。

　この公園は、もともとはセント・ジョン・ザカリー教会の跡地だった。教会そのものは、よくある話なのだが、1666年のロンドン大火で焼け落ちてそのまま再建されなかった。その後、ロンドン大空襲のさなかだった1941年に、火災監視員たちによって旧教会跡地に現在のような静かで落ち着いた公園が作られた。

　この公園を管理・維持しているのは金細工師組合で、同組合は1372年に設立勅許状を受け、現在は公園の向かいに組合会館がある。この金細工師組合のシンボルマークが「レパード」なのである。ただし紋章の世界では、正面を向いたライオンの顔を「レパード」ということが

多い。レパードは、公園だけでなく組合の紋章にも描かれているし、組合会館にも掲げられている。

　1300年にエドワード1世が、黄金と銀はすべて金細工師組合会館に持ち込んで品質検査を受けなくてはならないとする法律を定めた。品質を保証された金銀は、レパードの顔の絵を刻印された。こうして会館（hall）で刻印（mark）されたことから、英語で「品質保証」のことを「hallmark」というのである。

座席に腰掛ける前に

注目　「バーマン」（地下鉄の座席の表地のデザイン）
場所　地下鉄ノーザン線、セントラル線、ジュビリー線、ベーカールー線

「地下鉄に乗ったら図像探しはひと休み」と思ったら大間違いだ。

　地下鉄の座席に座る前に、その座席の表地に描かれたデザインに注目してほしい。路線や車両によっていろいろなデザインがある中で、いちばん広まっていていちばん代表的と言っていいのが、2010年に生み出された「バーマン」だ。この名前は、1936年にロンドン地下鉄のため初めてモケット（毛織物の一種）を発注した人物クリスチャン・バーマンの名から取られている。

　表地のデザインには、ロンドンを代表するランドマークであるロンドン・アイ（大観覧車）、エリザベス・タワー（通称ビッグ・ベン）、セント・ポール大聖堂、タワー・ブリッジの4つが、抽象的な輪郭線で描かれているので、要チェックだ。

謎の乙女

注目 織物商の乙女
場所 ロング・エーカー, WC2E 9PA; フレデリックス・プレース, EC2R 8AE

1516年に各種同業組合が財産と影響力をもとに順位づけされたとき、1位になったのは織物商組合だった。この組合は、もともとは高級織物を中心に扱う商人ギルドで、設立はおそらく12世紀だろうと考えられている。

組合のシンボルマークは、遅くとも1425年からはずっと、「織物商の乙女」と呼ばれる女性の絵だ。このシンボルマークの起源は分からないが、聖母マリアのことだという説と、中世のロンドンで織物商組合の会合が開かれていた居酒屋の看板ではないかという説のふたつがある。

織物商組合は、今も屈指の資金力を誇る同業組合で、いろいろな慈善団体に多額の寄付をしている。また、コヴェント・ガーデン地区のロング・エーカー通り周辺を中心に不動産をいくつも所有していて、保有している建物にはシンボルマークである織物商の乙女が取りつけられている。

街中を注意しながら歩いてみると、玄関や壁、ボラードなどから織物商の乙女がぶしつけな目で、こちらの一挙手一投足をじっと見ていることに気づくだろう。

いちばん古い織物商の乙女は、
シティ地区の
コーベット・コート通りにある
1669年のものだ。

パイナップル大捜索

注目 パイナップル型の建築装飾
場所 クライストチャーチ・グレーフライアーズ・ガーデン, EC1A 7BA; ランベス橋, SE1 7SG

探し始めると、どこにでもあることにすぐ気づく。そう、ロンドンはパイナップルだらけなのだ。フェンスの手すりを飾っているものもあれば、建物の上にもあるし、いちばん有名なところで言えば、セント・ポール大聖堂の2本の塔の上にもある。でも、どうしてこうなった？

パイナップルは、15世紀末にクリストファー・コロンブスによってカリブ海のグアドループ島から初めてヨーロッパにもたらされた。珍しい貴重な果物で、イギリスでは150年以上うまく栽培することができなかった。そのためものすごく高価で、パイナップル1個の値段は現在の価値で言うと約5000ポンドもした。

パイナップルは富と地位の象徴になった。18世紀には、パイナップルを買え

第2章 ロンドンの暗号を解く

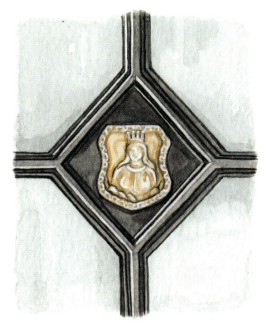

085

るほど裕福でない人でも、ディナーパーティーを開くときには、お金を出してパイナップルを借りてきて、ディナーテーブルの真ん中にドーンと置いて招待客たちに見せびらかすことも珍しくなかった。

　セント・ポール大聖堂のほかにも石造りのパイナップルは、ロンドン大空襲で焼失した教会の跡地に作られた公園クライストチャーチ・グレーフライアーズ・ガーデンにもあるし、セント・パンクラス・ガーデンズにある建築家ジョン・ソーンの墓の上にもある。イギリスで初めて栽培に成功したパイナップルは、17世紀の有名な庭師ジョン・トラデスカントがランベスで育てたものではない

かと考えられている。ランベス橋の両端に立つ4本の柱のてっぺんにパイナップルがあるのは、これが理由だと言われている。ただし、あれはパイナップルではなく古代にもてなしの象徴だった松ぼっくりだという説もある。

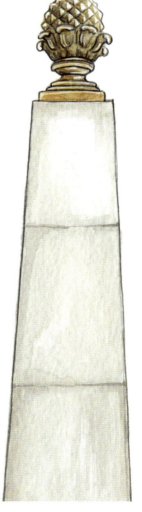

第 2 章　ロンドンの暗号を解く

ロンドンは燃えている

注目　火災保険プレート
場所　ルーペル・ストリート 9 番地と 11 番地, SE1 8SP; グッドウィンズ・コート, WC2N 4LL; プリンスレット・ストリート 11 番地, E1 6QH

今も昔もロンドンの起業家たちは、どれほどの大災害が起きても、けっしてタダでは起きない。実際、この街の抜け目のない実業家たちは 1666 年のロンドン大火後にビジネスチャンスを見つけた。火災保険だ。

保険加入者は、保険金を全額払い終えると、保険会社のロゴまたはエンブレムと保険証書番号などが記載された火災保険プレートを家の外壁に取りつけることになっていた。火災になったら、このプレートを目印に保険会社の私設消防隊が家の消火をしてくれる。プレートのない家は、運を天に任せるほかなかった。

そうした会社のひとつサン火災保険会社は、1710 年の設立で、現存するうち証拠が残っている世界最古の保険会社だ。同社は、太陽のエンブレムのついた鉛製のプレートを支給していて、エンブレムの下にはたいてい加入者の証書番号が記載されていた。

1996 年、同社はロイヤル保険会社と合併してロイヤル・アンド・サン・アライアンス・インシュアランス・グループになった。ちなみに同グループは現在イギリス最大の保険会社だ。プレートは 19 世紀初頭には支給されなくなったけれど、それでも販売促進の一環としてときどき配られていた。

プレートは今はもうほとんど残っていないので、探すときは常にレーダーを張っておくこと！

087

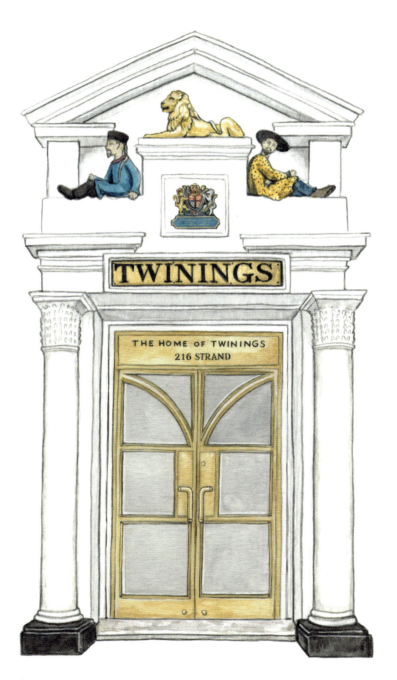

王家の紅茶

注目 王室御用達許可証
場所 トワイニング, WC2R 1AP; フォートナム・アンド・メイソン, W1A 1ER; ギーヴズ・アンド・ホークス, W1S 3JR

　商業が盛んな大都市では、どの店も目立つためならどんなことでもやらねばならぬ。

　王室御用達許可証とは、王室や王族に商品を納めている会社に与えられるもので、最初に出されたのは15世紀だった。許可証にはたいてい王家の紋章が入っていたので、18世紀になると御用達の会社は、通行人に自社商品の品質をアピールするため御用達許可証を掲げるようになった。

　現在イギリスには王室御用達の企業が800社以上ある。そのひとつでストランド通りにあるトワイニング社は、1837年にヴィクトリア女王から女王一家に紅茶を納品する会社に選ばれたときに、最初の王室御用達許可証を授かった。許可証はその後も君主の代替わりごとに更新されていて、1706年の創業当初から続くストランド通りの店舗には、入口の上に王家の紋章が飾られている。

ヒントは紋章にあり

注目 ベッドフォード家の紋章
場所 コヴェント・ガーデン・マーケットの建物, WC2E 8RD

　1536年から1541年に国王ヘンリー8世が進めた修道院解散により、ロンドンの歴史で最大規模となる土地所有権の移転が起こった。教会の広大な土地が没収され、貴族や寵臣に与えられたのである。このときの所有権移転の証拠を、ロンドンのあちこちにある貴族の紋章に見ることができる。

　例えばコヴェント・ガーデン一帯は、以前はウェストミンスター寺院が所有していて、そのころは「コンヴェント・ガーデン」(convent garden) つまり「修道院の庭」と呼ばれていた。16世紀に没収されたあと、ベッドフォード伯爵ラッセル家（後のベッドフォード公爵家）がここを手に入れた。17世紀初頭には、第4代ベッドフォード伯爵の決断で、この場所に現在のようなイタリア風の壮大な広場が作られた。広場中央に市場用の建物が1830年に建てられると、

> トワイニングのロゴは、
> 現在も使い続けられている
> 世界でいちばん古い
> ロゴだと考えられている。
> 事実、このロゴは
> 1787年以来、
> 少しも変更されていない。

装飾モチーフとしてベッドフォード家の紋章が使われ、今も入口の上にはその紋章が飾られている。紋章は、中央にライオンがいて、その下にラッセル家のモットー「Che sara sara」（起こるべきことは起こる）が記されている。

所有者だったベッドフォード家は1918年に土地を個人地主たちに売却したが、不動産会社ベッドフォード・エステーツは、今もブルームズベリー界隈で最大の土地所有者である。

ドラゴンと短剣

注目　シティ地区の紋章
場所　シティ地区

古代から続くロンドンの中心で、現在は金融街となっているシティ地区（正式名シティ・オヴ・ロンドン）は、イギリス国会よりも古い独自の行政府を持ち、統治分野の一部については自治権を有している。

独自の紋章と地区の色も持っていて、これらは遅くとも14世紀には使われていたと考えられている。紋章は、2頭のドラゴンが左右から盾を支えている構図で、盾には白地に赤の聖ジョージ十字が描かれている。盾の左上部分には、聖パウロの剣を意味する短剣がある。ちなみに、この短剣をめぐっては、シティ地区の首長であるロード・メイヤーが1381年に農民反乱の首謀者ワット・タイラーを刺し殺すのに使った剣を象徴しているとする俗説がある。しかし、短剣は1381年より以前にすでに描かれていたので、この俗説は間違いだ。紋章の下には、シティ地区のモットー「Domine dirige nos」（主よ、我らを導きたまえ）が記されている。

赤と白という配色は、ほかの場所でも採用されていて、例えばボラードなどさまざまな街頭設備が赤白に塗られている。また、警官の着用するキャップバンドは、ふつうは白黒であるところ、シティ地区警察は赤白のチェック柄になっている。

この紋章があるのはシティ地区内だけではない。シティ・オヴ・ロンドン自治体の管理する住宅団地、公園、学校が、ロンドン中にあるからだ。

友は鹿しかいない

注目　「黄金の雌鹿」の図像
場所　セヴン・ダイヤルズ，WC2H

セヴン・ダイヤルズ地区は、今では劇場やレストラン、おしゃれな店などが集まるロンドンの人気スポットだが、もちろん昔からそうだったわけではない。

1537年に国王ヘンリー8世が土地を没収する以前、このあたりは大部分が野原で、一部は12世紀に建てられたハンセン病患者専門病院の敷地になっていた。やがてロンドンが市域を拡大させ

ていく中、1690年に一帯の自由保有権（自由に取引や相続の対象にできる永久所有権のこと）がトマス・ニール下院議員に与えられ、その彼が現在のような放射状に広がるセヴン・ダイヤルズの道路配置を作り出した。

1984年、都市環境の充実を進めるセヴン・ダイヤルズ・トラストが設立され、道路標識やボラードといった街頭設備が修理された。そうした設備の多くには、矢の刺さった黄金の雌鹿を描いた図像がついている。これは聖ジャイルズ（ラテン語名、聖アエギディウス）のシンボルであり、1101年に建てられたセント・ジャイルズ・イン・ザ・フィールズ教会の旧教会区のシンボルでもあった。

聖ジャイルズは、ハンセン病患者と身体障害者の守護聖人だ。もともとは隠者で、生没年は7〜8世紀だと考えられている。伝説によると、聖ジャイルズは1頭の鹿だけを友として森で暮らしていて、ある日、その鹿を狙って猟師が放った矢が当たって傷を負ったという。

騎士団・教会・法学院

注目 法学院のエンブレム
場所 ミドル・テンプル・レーン，EC4Y 9AT

ロンドンの中でも、とりわけ不思議なイメージに彩られているのがテンプル地区だ。シティ地区の西隣に位置するテンプル地区は、12世紀以降、十字軍を支えた宗教騎士団のひとつテンプル騎士団の所有になっていた。騎士団は1185年、この地に美しいテンプル教会を建てた。

1312年に騎士団が解散したあと、テンプル地区は法律家と法学生たちの拠点になった。はじめに、インナー・テンプルとミドル・テンプルという、ふたつの組織が作られた。インナー・テンプルは、教会周辺の聖別された土地に置かれ、ミドル・テンプルは聖別されていない土地に置かれた。現在この両組織は、イングランドとウェールズで活動する法廷弁護士が必ず所属しなくてはならない4つの法学院のうちのふたつになっている。

テンプル地区の趣ある中庭を歩いていると、フェンスや門や入口を飾る、両法学院のエンブレムが必ず目に入ってくる。ミドル・テンプルのエンブレムは「アニュス・デイ」つまり「神の小羊」だ。これは、かつてテンプル騎士団が使っていた宗教的なシンボルで、小羊

現存する数少ない
チューダー朝建築のひとつ
ミドル・テンプル・ホールは、
1573年に建てられたもので、
ここでシェークスピア作
『十二夜』の記録に残る
最初の上演が、
1602年2月2日に行なわれた。

は、神へのいけにえとなったイエスを象徴している。

インナー・テンプルのエンブレムはペガサスだ。その起源については、これもテンプル騎士団のシンボルだったという説と、インナー・テンプルのため尽力した貴族ロバート・ダドリーに敬意を表してデザインされたという説がある。ダドリーは、1561年にインナー・テンプルで行なわれた余興の劇で、架空の騎士団であるペガサス騎士団の団長パラフィロス王に扮していて、そこからペガサスというアイデアが採られたのだという。

橋を建設する

注目　ブリッジ・マーク
場所　タワー・ブリッジ, SE1 2UP; ロンドン橋 SE1 2PF; ブラックフライアーズ橋, SE1 9UD; サザーク橋, SE1 9HQ; ミレニアム・ブリッジ, SE1 9JE

タワー・ブリッジは、誰もが知るロンドンの代表的ランドマークで、毎日多くの人が渡っている。しかし、巨大な北塔と南塔の人目につかない場所にある記号に気づいている人は、ほとんどいないと思う。

その記号は「ブリッジ・マーク」といって、ブリッジ・ハウス・エステーツのシンボルマークだ。ブリッジ・ハウス・エステーツは、シティ・オヴ・ロンドン自治体が監督する公益財団で、設立

第2章　ロンドンの暗号を解く

は1282年。その目的は、1750年までロンドン中心部でテムズ川を渡れる唯一の橋だったロンドン橋の維持・管理である。ブリッジ・マークは、17世紀から財団のシンボルマークとして使われている。

財団は、数百年にわたりロンドン橋の通行料と橋の上に立つ建物の賃貸料で収益を上げ、そうして得た利益を使ってタワー・ブリッジとブラックフライアーズ橋を建設し、サザーク橋を買収した。最近では、ミレニアム・ブリッジの建設に資金を提供している。

現在、財団はこれら5つの橋すべてを管理しているので、橋を渡るときや川岸から見学するとき、じっと目を凝らして見ればブリッジ・マークを見つけられるかもしれない。

頭を悩ますあの縁石

注目　縁石に刻まれた記号
場所　ホワイトホール16番地～18番地, SW1A 2DY

ふだんロンドンを歩いている人は、毎日数千個とまではいかなくても数百個の縁石の横を通り過ぎているはずだけれど、その縁石の存在には少しも気づいていないと思う。でも、ちょっと足を止めてじっくり観察してみると、いくつかの縁石に奇妙な記号が刻まれているのに気づくだろう。

記号の種類は戸惑うくらい多種多様で、すべてを解読した人はまだひとりもいないと言ってよく、今もさまざまな説が唱えられている。記号のうちのいくつかは、その縁石を作った石工が誰なのかを示す印だったり、縁石を置く向きを指示する矢印だったりする。そのほかの記号は、電力会社各社が地中に埋まっているケーブル・ジョイント、高圧線、パイプなどの位置を示すためにつけた業務用の標識だと言われている。20世紀初頭、ロンドンには電力を供給する会社が複数あって、使う記号が統一されていなかったのである。

ホワイトホール16番地から18番地の前の縁石には、三つ叉の矢印のような奇妙な記号が刻まれている。これは「フィーオン」または「太矢じり印」といって、軍務を担当する政府機関として16世紀に設置された軍需局が標識とし

093

て使っている記号だ。これがこの場所に刻まれているのは、かつてここに海軍本部の建物があり、エリザベス1世の時代（1558〜1603）に、海軍の資産すべてにこの記号をつけるよう義務づける法律が成立したからだった。

水準点を設置する

注目 陸地測量部水準点
場所 旧セント・オールバン教会の塔, EC2V 7AF; セント・メアリー・ル・ボウ教会, EC2V 6AU

　観察眼の鋭い街歩き好きなら、平らな線を指し示す矢印のような記号が、建物の側面に刻んであったり、小さなプレートに記されていたりするのを見たことがあるだろう。
　この記号は「陸地測量部水準点」といって、海抜つまり海水面からの高さを測定するのに使われるものだ。ある水準

第 2 章 ロンドンの暗号を解く

点の海抜が分かっていれば、その水準点との差を測ることで、別の地点の海抜を測定することができる。

最後の水準点が設置されたのは1993年で、以後、海抜の測定には人工衛星が利用されている。ロンドン首都圏であるグレーター・ロンドンには、陸地測量部水準点が今も約1万8000個あり、その大半は、例えば教会の塔など、長期間存在するだろうと陸地測量部が考えた建物に刻まれていることが多い。

絡み合う女王夫妻

注目 ウェストミンスター橋に立つ街灯の装飾
場所 ウェストミンスター橋, SE1 7GA

ウェストミンスター橋は、国会議事堂やロンドン・アイを写真に収めようとする観光客でしょっちゅうごった返している。

でも、ぜひ足を止めて、欄干に立つゴシック・リバイバル様式の美しい3灯式街灯にも目を向けてほしい。この街灯をデザインしたのは、オーガスタス・ピュージンとともに国会議事堂を設計したチャールズ・バリーである。

街灯の中央部に、Vの字とAの字を絡み合わせた黄金色の装飾がある。このふたつの文字は、ヴィクトリア女王（Victoria）と、その夫アルバート公（Albert）のイニシャルだ。ウェストミンスター橋は、テムズ川の堤防道路であるヴィクトリア・エンバンクメントとアルバート・エンバンクメントをつなぐ橋で、開通して車両の通行が始まったのは、ヴィクトリア女王の43歳の誕生日で、アルバート公の逝去から約半年後の1862年5月24日だった。

095

よく見える場所に隠された恋愛関係?

注目 ウェストミンスター区の街灯柱にあるマーク
場所 シティ・オヴ・ウェストミンスター区

　シティ・オヴ・ウェストミンスター区で図像探しをするときは、黒い街灯柱を忘れずに観察してほしい。一方の面には黄金色の流麗な「W」の字があり、これは「ウェストミンスター」（Westminster）を表している。別の面にはシャネルのロゴによく似た、「C」の字をふたつ組み合わせたマークがついている。

　1920年代、当時イギリスでいちばんの金持ちだった第2代ウェストミンスター公爵は、ファッション・デザイナーのココ・シャネルと10年ほど恋愛関係にあった。そのため、街灯柱の装飾はある種の愛情表現だという説がある。

　残念ながら、真相はロマンチックとはほど遠いものだ。ふたつの「C」を組み合わせたマークは行政府であるシティ・カウンシル（City Council）のことで、「W」と合わせて「ウェストミンスター・シティ・カウンシル」を表している。

象を探して

注目 象の図像
場所 パブ「エレファンツ・ヘッド」，NW1 8QR; エレファント・ハウス，NW1 8NL

　カムデン地区には象との意外な関係があるのをご存知だろうか？　え、知らない？　それでは説明しよう。

　カムデンの町は、18世紀末に初代カムデン伯爵チャールズ・プラットによって作られた。カムデン伯爵の新たな紋章が制定されたとき、紋章には、力を象徴する図柄として人気がある、象と城の図像が採用された。そのため、1965年にロンドンの自治区としてカムデン区が作られたとき、区の紋章に象の図像が組み込まれた。

　カムデン・ハイ・ストリートには、1869年創業のパブ「エレファンツ・ヘッド」がある。「象の頭」という意味の店名は、カムデン伯爵家の紋章から取られたと考えられている。さらに、カムデン地区と象の関係はこれだけにとどまらない。

　ケンティッシュ・タウン・ロードに「エレファント・ハウス」という建物がある。第2級指定建造物として保存の対象になっている赤レンガのビルで、カムデン・ブルワリー社の直販店として1901年に開業した。カムデン・ブルワリーは、1859年から1926年までカムデンで営業していて、象の頭は、同社の

第 2 章　ロンドンの暗号を解く

人気商品のひとつ「エレファント・ペール・エール」にちなんで会社の商標になっていた。今もエレファント・ハウスに近づいてみると、正面入口の上に象の頭をかたどったテラコッタ製の装飾があり、黒いフェンスの柱１本１本に小さな象の頭が載っているのが分かる。

死を読み解く

注目　墓石の図像
場所　ハイゲート共同墓地 , N6 6PJ; タワー・ハムレッツ共同墓地記念公園 , E3 4PX; ウェスト・ノーウッド共同墓地 , SE27 9JU

　墓石は、見事な芸術作品であることが多く、特にヴィクトリア女王時代の共同墓地では、ほんとうに多種多様な図像やデザインを見ることができる。以下に、とても頻繁に見られるものをいくつか紹介しよう。

　●錨は、船乗りの墓に描かれているこ

とが多いが、揺るぎない信念と希望の象徴でもある。
- 握られた手と手は、あの世での再会を意味している。
- 正方形とコンパスは、フリーメーソンのシンボルだが、建築家の墓でもときどき見られる。
- 切り取られたつぼみや、切り取られた花は、ふつう若者や子どもの死を意味している。
- 小麦は、長生きをした人のシンボルである。
- 蛇は、古代エジプトで生命を象徴していたシンボルで、特に自分の尾をくわえた蛇の絵は、永遠の命を意味している。

「ナチ」の犬の墓

注目 ジーロの墓
場所 カールトン・ハウス・テラス9番地, SW1Y 5AG

セント・ジェームズ地区には、小さいながらも、とっても奇妙なものがある。「ナチ」の犬と呼ばれてきた犬の墓だ。

カールトン・ハウス・テラス9番地の隣に、ちょこんとした墓碑があり、1934年2月に死んだジーロがまつられている。ジーロとは、1932年から1936年まで駐英ドイツ大使だったレオポルト・フォン・ヘッシュの飼い犬で、カールトン・ハウス・テラス9番地には当時ドイツ大使館が入っていた。

フォン・ヘッシュは、1932年にイギリスへやってきたとき、ペットとして飼っていたテリア（一説には、ジャーマンシェパードとも）のジーロをいっしょに連れてきた。通説によると、ジーロは裏庭で電線をかんでいて感電死したという。

1932年当時、フォン・ヘッシュはワイマール共和国の大使だったが、1933年にヒトラーが政権を掌握すると、自動的にナチ政権の大使となった。実際のフォン・ヘッシュは非常に立派な政治家で、ナチ党の攻撃的な姿勢や、ヒトラーの側近たちの多くに対して常に批判的だった。

フォン・ヘッシュが1936年に亡くなると、その死を悼んでロンドンからドーヴァーまで長い葬列で送られた。彼の葬式はベルリンで挙げられたが、ナチ党関係者は誰ひとり参列しなかった。というわけで、彼とジーロを「ナチ」と呼ぶのは、まったくの的外れなのである。

第 2 章　ロンドンの暗号を解く

「いずれ死ぬ身であることを忘れるな」

注目　メメント・モリ
場所　ハート・ストリート , EC3R 7NA; デットフォード・グリーン , SE8 3DQ; バンヒル・フィールズ墓地 , EC1Y 2BG; セント・アン教会（ライムハウス地区）, E14 7HA

　墓石の図像の中でも、とりわけ好奇心をそそられ、何にもまして恐ろしげなのが、「メメント・モリ」と呼ばれるもので、これはラテン語で「いずれ死ぬ身であることを忘れるな」という意味だ。ふつうはしゃれこうべと2本の交差した骨で表されるが、これに砂時計や棺が加わったり置き換わったりすることもある。

　メメント・モリのもうひとつの形が、墓地に入る門の頭上や門柱の上に飾られたしゃれこうべで、その実例をハート・ストリートにあるセント・オーラヴ教会

099

や、デットフォード・グリーン通りにあるセント・ニコラス教会で見ることができる。

　中世ヨーロッパでは、メメント・モリという考えは、神を恐れる庶民に現世での楽しみを避けさせ、望ましい来世を必ず過ごせるようにすることに気持ちを集中させるのに利用された。メメント・モリの流行は17世紀に下火になったけれど、ヴィクトリア時代になると、都市部を中心に死亡率が上がったことと、品行方正が声高に求められたことから、メメント・モリは再流行した。ほかにメメント・モリを見つけるのに適した場所としては、バンヒル・フィールズ墓地と、ライムハウス地区にあるセント・アン教会がある。

第 2 章　ロンドンの暗号を解く

芸術こそわが命
彫刻やフリーズから装飾用プレートまで、アートと名のつくものすべて

神出鬼没

注目　バンクシーの作品
場所　ブルートン・レーン, W1; チズウェル・ストリート, EC1; トゥーリー・ストリート, SE1; ストーク・ニューイントン・チャーチ・ストリート, N16

　ロンドンは、現代都市の例に漏れず、あちこちに落書きがある。その多くは景観を汚す器物汚損にすぎないけれど、一部には「グラフィティ」と呼ばれる超一流のストリートアート作品もある。ロンドンには作品を次々と生み出すストリートアーティストがたくさんいるが、その中でいちばん有名なのは、言わずと知れたバンクシーだ。正体不明のアーティスト、バンクシーは、ここ数年ロンドンなど各地で数多くのストリートアート作品を制作してきた。その多くは、上から塗りつぶされたり、破損されたり、撤去されたりしているけれど、わずかながら残っている作品もある。中でも保存状態のよい作品を、次にいくつか挙げておこう。

- 『倒れるまで買う』　メイフェア地区ブルートン・レーン, W1
- 『ロボに上書きされたネズミ』　イズリントン地区チズウェル・ストリート, EC1
- 『ネズミ』　トゥーリー・ストリート, SE1
- 『ロイヤル・ファミリー』　ストーク・ニューイントン・チャーチ・ストリート, N16

ロンドンで いちばん長い グラフィティ用の壁

注目 リーク・ストリート・トンネル
場所 リーク・ストリート, SE1 7NN

　大勢の人が行き交うウォータールー駅の地下には、地上とは違うにぎわいを見せている場所がある。リーク・ストリートはウォータールー駅をくぐる地下道で、左右の壁が、法的に認められたものとしてはロンドンでいちばん長いグラフィティ用の壁になっていて、ロンドン屈指の才能あふれるストリートアーティストたちの作品を展示する場となっている。

　2008年、バンクシーはこの地下道で「カンズ・フェスティバル」を開催し、世界最高レベルのストリートアーティストたちを招いて作品を制作してもらった。このフェスティバルをきっかけに、リーク・ストリートはロンドンで一二を争うストリートアートの中心地になった。色彩と芸術表現が爆発するこの場所は、絶えず進化を続けているので、足を運ぶたびに違った経験ができるはずだ。

ロンドンの 地下アートシーン

注目 地下鉄チャリング・クロス駅の壁画
場所 地下鉄チャリング・クロス駅ノーザン線プラットホーム

　地下鉄の駅は創造性を発揮する場だとはあまり考えられていないけれど、実際ロンドンの地下鉄構内に入ってみると、驚くくらいアートにあふれていることに気づく。そんな中でも地元の歴史を具体的に語っているのが、チャリング・クロス駅のノーザン線プラットホームにあるアート作品だ。

　それは白黒の壁画で、そこには地区名の由来となった中世の記念建造物「クロス」の建設風景が描かれている。1290年、国王エドワード1世の王妃エリナー・オヴ・カスティールがリンカン近郊で亡くなった。遺体は、ロンドンへ戻る途中に何か所かでとどまり、エドワード1世は愛情表現として、とどまった場所すべてに精巧な記念物を建てた。それらは「エリナー・クロス」(エリナーの十字架)と呼ばれ、最後のひとつはチャリング村に作られた(「チャリング」(Charing)という村名は、古英語で「屈曲部」を意味する「cierring」に由来している。この村がテムズ川の屈曲部に位置していたからだ)。この最後のクロスは、「チャリング村に建てられたクロス」なので「チャリング・クロス」

と呼ばれた。

　ちなみに、チャリング・クロス駅から外に出てすぐの所に、ヴィクトリア時代に作られたチャリング・クロスのレプリカがある。

殺された。

　死後すぐにベケットはローマ教皇アレクサンデル3世によって聖者と認められ、カンタベリー大聖堂にあるベケットの霊廟は、たいへん重要な巡礼地になった。

チープサイドの聖者

注目　トマス・ベケットのプレート
場所　チープサイド, EC2V 6EB

　チープサイド通りとアイアンマンガー・レーンが合流する場所に立ったら、視線を上げて角にある90番地の建物に設置された人物プレートを見てほしい。そこに描かれているのはトマス・オヴ・ロンドン。トマス・ベケットの名で知られ、後にトマス・ア・ベケットと呼ばれた人だ。

　ベケットは1120年、チープサイド通りで裕福な織物商ギルバートとその妻マティルダの息子として生まれた。その後、国王ヘンリー2世の時代に1162年から1170年までカンタベリー大司教を務め、国王の親友・相談相手になった。しかしふたりの関係は、王権と教会権力をめぐる考え方に違いが生じるようになると、だんだんと険悪になった。通説によると、ついに国王は「誰も余のためにあのやかましい聖職者を始末してくれないのか？」と発言したといい、その後ベケットは1170年12月29日、カンタベリー大聖堂で国王配下の4人の騎士に

大作家が描いた猪

注目 猪の頭の彫刻
場所 イーストチープ33番地〜35番地, EC3M 1DT

　シティ地区のイーストチープ33番地から35番地は、確かに周囲よりも目立っている。ここは1868年建設の、かなり風変わりなネオ・ゴシック様式のオフィスビルで、もともとは食用酢の倉庫として建てられたと聞けば、なおさら変わっていると感じるだろう。その精巧なファサードの中央には、猪の頭をかたどった彫刻がある。

　この奇妙な建築装飾は、今はなくなったロンドンのパブ「ボアズ・ヘッド・イン」と関係がある。「猪の頭」を意味する「ボアズ・ヘッド」（Boar's Head）という名のパブは、遅くとも14世紀には、この場所に存在していた。16世紀には、常連客の中にあのウィリアム・シェークスピアとその仲間たちがいた。数ある戯曲のうちシェークスピア作『ヘンリー4世　第1部』には、まさにこのボアズ・ヘッド・インが、ジョン・フォルスタッフとハル王子のたまり場として描かれている。

　このパブは1666年のロンドン大火で焼失したあとに再建されたが、結局1831年に取り壊された。

はなざかり

注目 ソーホーの7つの鼻
場所 アドミラルティ・アーチ, SW1; エンデル・ストリート, WC2; ウィンドミル・ストリート, メアド・ストリート, ダーブレー・ストリート, ベートマン・ストリート, ディーン・ストリート, W1

　1997年、とても奇妙な出来事がロンドン中心部で起こった。一夜にしておよそ35個の鼻の模型がいろいろな建物に現れたのだ。誰が何のために設置したのかは何年も謎のままで、この鼻をめぐって、いろいろな都市伝説が生まれた。

　アドミラルティ・アーチの内側に取りつけられた鼻は、いくつかおもしろい説を生み出した。ある人は、あれはネルソン記念柱のてっぺんに立つネルソン提督像のための予備の鼻だと言った。また別の人は、あの鼻はナポレオンを馬鹿にするため作られたもので、騎兵が馬に乗って通り過ぎるときにつまんでいくのだと言った。

　2011年、ようやく真相が判明したが、そのときにはもう残る鼻の数はわずか10個ほどになっていた。設置したのはリック・バックリーという名のアーティストで、その告白によると、あの鼻は監視カメラと監視活動に対する意見表明なのだという。また彼は、罰せられないで済むかどうか確かめたかっただけだったとも語っている。

現在残っている鼻はわずか7個で、「ソーホーの7つの鼻」の名で知られている。もっとも、この7つにはいくつか偽物も含まれているらしい。人のうわさによると「もし7つ全部見つけられたら巨万の富が手に入る」とか。鼻のある場所を挙げておいたので、試しに探してみてはいかが？　読者の幸運を祈る！

フリート・ストリートの巨人像

注目　ゴグとマゴグの像
場所　セント・ダンスタン・イン・ザ・ウェスト教会, EC4A 2HR

　ロンドン中心部を通るフリート・ストリートには、歴史上重要なセント・ダンスタン・イン・ザ・ウェスト教会がある。10世紀にロンドン司教・カンタベリー大司教だった聖ダンスタンにささげられた教会で、遅くとも1070年にはこの場所に建っていた。1666年のロンドン大火ではかろうじて被災を免れたが、1831年に建て直された。

　このときの建て直しで取り壊されなかった、立派でとても堂々としたものが教会の外にある。ひとつは1671年に設置された美しい時計で、ロンドンにある公共用の時計のうち初めて分を示す長針がついた時計だった。もうひとつが鐘の両側に立つ2体の像で、これはロンドンを守る伝説の守護者、巨人ゴグとマゴグを表現しているらしい。黄金の腰布を巻いた筋骨隆々たる2体の巨人像は、手に棍棒を持っていて、毎正時と15分、30分、45分に鐘を鳴らす。

　ここに来たら、ついでにロンドンでいちばん古いと言われている像（120ページ参照）も見ていくといい。

第 2 章　ロンドンの暗号を解く

107

学校へ行こう

注目 ブルーコート・スクールにある像
場所 カクストン・ストリート, SW1H 0PY; 旧セント・ジョン教会（ワッピング地区）, E1W 2UP

　ロンドンを歩いていると、正面に青い制服を着た子どもの彫像がある建物を見かけることがある。

　こうした彫像が建物の正面に置かれているのは、ここが「ブルーコート・スクール」であることを示すためだ。ブルーコート・スクールとは、恵まれない環境で育った子どもたちのために設立された慈善学校のことである。その第1号は、シティ地区にあった1552年創立のクライスツ・ホスピタルだ。子どもたちは、ベルトのついた青い上着、半ズボン、黄色いソックスを着用した。青が採用されたのは、当時手に入る染料の中で青が特に安かったからだ。ソックスはサフランで黄色に染められていたが、それは何とネズミが子どもの足をかじるのを防ぐためだったそうだ！　クライスツ・ホスピタルは1902年サセックス州ホーシャムに移転し、現在もそこにある。

　ほかの慈善学校も似た制服を採用し、「ブルーコート・スクール」が一般的な呼び名として定着した。19世紀になると、ブルーコート・スクールに代わってヴィクトリア時代の慈善学校「ラギッド・スクール」が登場した。「ラギッド」（ragged）とは「ぼろ服を着た」という意味で、通学する子どもたちが着ていた服のひどさを表している。

　ブルーコート・スクールの旧校舎とその生徒像は、カクストン・ストリートや、ワッピング地区の旧セント・ジョン教会で見ることができる。

第 2 章　ロンドンの暗号を解く

フリーズは語る

注目　装飾フリーズ
場所　シャフツベリー・アヴェニュー 135 番地, WC2H 8AH

　建物に施された装飾から、その建物の歴史についてヒントが得られることは多い。

　そのいい例が、コヴェント・ガーデン地区のシャフツベリー・アヴェニュー 135 番地にある映画館の大きなフリーズ（帯状の浮き彫り彫刻）だ。この建物は、建築会社 TP ベネット・アンド・サン社の設計で 1931 年、サヴィル・シアターとしてオープンした。当初は劇場として使われていたが、1965 年にビートルズのマネージャー、ブライアン・エプスタインが借りてからは、演劇の公演とロックンロール・コンサートの両方に使われた。

　1970 年に映画館に改装されたけれど、建物の外壁にめぐらされた、彫刻家ギルバート・ベイズのデザインしたフリーズは、この建物がもともと劇場だったことを教えてくれる。フリーズは「古今の演劇」（Drama Through the Ages）と呼ばれていて、古代ローマの剣闘士や、吟遊詩人、シェークスピア作品の名場面など、さまざまな時代の演劇作品や演劇スタイルを描いている。

謎に包まれた彫刻

注目　パニア・ボーイ
場所　パニア・アレー, EC1M 8AD

　セント・ポール大聖堂の近くにある小路パニア・アレーには、親しみを込めて「パニア・ボーイ」と呼ばれている奇妙な石彫レリーフの少年像がある。どこから来たものなのか、本来どんな建物に飾られていたのか、そもそも何を表現しているのか、誰にもはっきりしたことは分からない。

　彫られている少年は、何かの上に座っ

ているのだが、それが何なのかも分からない。たぶんパン籠か、ロープの束か、果物籠か、あるいは袋のようだ。その下には、次のような文章が刻まれている。「シティ中を探してみても、それでもここがいちばん高い地面である。1688年8月27日」。このよく分からない碑文は、パニア・アレーがシティ地区で標高がいちばん高い地点のひとつであることと関係していると考えられている。さらにこの小路そのものが、碑文以外の部分を解読するヒントを与えてくれるかもしれない。

パニア（Panyer）・アレーという街路名は、その昔ここで少年たちがパン籠（pannier）からパンを売っていたことが由来で間違いないだろう。16世紀の年代記作者ジョン・ストーは、この小路はパン籠に座る少年を描いた看板にちなんで名前をつけられたと記している。たぶん現在のパニア・ボーイがその看板か、その看板を後に作り直したものなのだろう。それとは別の説として、パニア・ボーイはこの地に1666年まで実在したパブ「ザ・パニア」の看板だったのではないかと考える人もいる。

パニア・ボーイが飾られていた建物は1892年に取り壊されたけれど、パニア・ボーイは運よく破壊を免れた。以後この少年は、街並みが変わって近代化していく中、壁から壁へと移設されて現在に至っている。

パイ・コーナーの黄金小僧

注目 黄金小僧の像
場所 ギルトスパー・ストリート, EC1A 9DD

ロンドンでいちばんの珍品といって思い浮かぶのは、パイ・コーナーの黄金小僧だろう。このぶくぶく太った男の子の像は、コック・レーンとギルトスパー・ストリートが交わる丁字路に位置する建物の角に飾られている（コック・レーンの裏話は71ページを参照）。

裸の男の子を表現した像で、高さは約60cm。木製で、もともとは左右一対の翼が取りつけられていた。作られたのは17世紀で、ロンドン大火で延焼が止まった場所を示すために設置された。像の下には、次のように記されたプレートがある。「この少年は、1666年に暴食の罪によって引き起こされた先のロンドン大火を忘れぬよう建てられた」。暴食の罪は、当時、神がロンドン市民を罰しようとした理由のひとつとして考えられたもので、だから少年像は「非常に太って」いるのだと言われている。

もうひとつの セント・ポール 大聖堂

注目　「建築」のブロンズ像
場所　ヴォクソール橋, SW8 2JW

みなさんは、ロンドンにセント・ポール大聖堂がふたつあることをご存知だろうか？

ヴォクソール橋には、歩いて渡ったのでは分からないけれど、川岸からだと大きなブロンズ像が8体設置されているのが見える。

現在のヴォクソール橋は1906年に開通したが、当初はあまりに殺風景だと思われていた。1907年、アルフレッド・ドルーリーとF・W・ポメロイという2名の彫刻家が制作した8体のブロンズ像が橋に追加された。この8体は、それぞれが教育、地方自治、美術、科学、製陶、工学、建築、農業を象徴している。

橋の上流側を半分ほど進んだところで欄干から（慎重に）身を乗り出せば、「建築」の像がセント・ポール大聖堂のミニチュアを大切そうに持っているのが見えるだろう。

川もダムも ないけれど

注目　ビーバーの形をした風向計
場所　ビショップスゲート60番地〜62番地, EC2N 4AW；オックスフォード・ストリート105番地〜109番地, W1D 2HQ

人々がせわしなく行き交うビショップスゲート通りに、巨大超高層ビルに囲まれるようにして建つ古いビルがある。屋上には趣のある小塔があり、その屋根には黄金に輝く風向計が載っている。じっくり見てみると、その風向計がビーバーの形をしていることに気づくだろう。

ビーバーは、ここビショップスゲート60番地から62番地に1926年から拠点を置いているハドソン湾会社のエンブレムだ。この会社は1670年の設立で、事業内容は、現カナダのハドソン湾沿岸の土地を占有して商業活動を実施することだった。会社は毛皮交易を中心に莫大

な利益を上げたが、そのとき目玉商品となったのがビーバーの毛皮だった。

　もっとビーバーを見つけたいなら、オックスフォード・ストリート105番地から109番地へ行って屋根を見るといい。ビーバーの像が3つ1組でこちらを見下ろしているはずだ。「どうして？」と不思議に思ったら建物の裏手に回ってみよう。裏手にある古い看板から、この建物には昔、帽子メーカー「ヘンリー・ヒース」の帽子工場があったことが分かる。同社の主力製品は、毛皮のフェルトでできたシルクハットだった。原料としていちばん人気だった毛皮は何かって？　それはもちろん、防水性に優れたビーバーの毛皮だ。

その背に積んでいるものは

注目　イーストチープのラクダ
所　イーストチープ20番地, EC3M 1EB

　イーストチープ通りを歩いていると、思いも寄らないものが目に入ってくる。3頭のラクダが人に引かれて砂漠を進んでいる姿だ。

　いや、これは幻覚でも何でもなく、20番地にある通称ピーク・ハウスに設置されたフリーズの話だ。ピーク・ハウスは、紅茶・コーヒー・スパイス類の輸入会社ピーク・ブラザーズの本社として1880年代に建設されたものである。同社は、最盛期にはロンドンに入ってくる紅茶の5％を取り扱っていた。

　フリーズは彫刻家ウィリアム・シード（同名の父でなく子の方）が制作したもので、ラクダは会社のトレードマークだった。3頭のラクダは、主要な取扱商品である紅茶、コーヒー、スパイス類を表していると言われていて、同社は一時期、自社の紅茶を「ラクダ」を意味する「キャメル」というブランド名で販売していた。

第 2 章　ロンドンの暗号を解く

悪魔は細部に宿る

注目 コーンヒルの悪魔
場所 コーンヒル54番地～55番地, EC3V 3PD

　コーンヒル54番地から55番地の前を通ったら、屋根に目を向けてほしい。恐ろしげな顔をした3体のガーゴイル、厳密には「グロテスク」と呼ぶべき像があるはずだ（ガーゴイルなら、雨どいの管または排水口としての機能がなくてはならない）。

　この3体については、こんな話がある。ここの建物が1893年に設計されたとき、一部が隣接するセント・ピーター・アポン・コーンヒル教会の敷地にかかってしまった。

　これに教会の牧師が大激怒したため計画を変更しなくてはいけなくなったが、そのせいで建築家アーネスト・オーガスタス・ランツは少々頭を悩ませたに違いない。話によるとランツは、牧師が毎日出退勤するところを見下ろせる場所に3体の恐ろしげなグロテスクを配置したそうだ。しかもグロテスクのひとつは、牧師の顔に似せて作られたとか。

ストランド通り 人体バラバラ事件

注目 彫刻「人間の諸段階」
場所 ジンバブエ・ハウス, WC2R 0JR

　ストランド429番地にはジンバブエ・ハウスがある。建築家チャールズ・ホールデンの設計で、イギリス医師会の本部として1908年に建てられたものだ。外壁には建物を取り囲むようにして、彫刻家ジェーコブ・エプスタインによる18体の彫刻作品群「人間の諸段階」が設置されている。人間が生まれてから死ぬまでのライフサイクルを描いたもので、もともとはすべて人間の全身裸体像だったが、現在では頭や手足など体の一部が切断されている。

　この彫像は、設置されるとエドワード7世時代の社会にちょっとした騒動を巻き起こした。マスメディアが大騒ぎし、警察までもが調査のため呼ばれる事態になった。どうやら、これらの彫刻は「若者の精神を堕落させる」かもしれないと考えられたようだ。

　ただ、そのせいで現在のような姿にされたわけではない。1930年代に入ると、彫像は酸性雨のせいで溶け始めた。ある日、1体の頭部が通行人の足元に落ちてきて、そのため外側に出ている手足や付属物はすべて切り落とす必要があると判断されたのである。

第 2 章　ロンドンの暗号を解く

ロンドンで
いちばん小さな彫刻

注目　「チーズを食べる2匹のネズミ」の彫刻

場所　フィルポット・レーン, EC3M 1DE

　まばたきしたら見逃してしまう。そんな小さな彫刻がフィルポット・レーンにある。実際、これはロンドンでいちばん小さな公共彫刻だと言われている。

　それは、2匹のネズミがひとかけのチーズをめぐって争っている様子を描いた彫刻だ。その由来については、こんな話がある。あるとき、近くの建物で高所作業中だった建設作業員が、自分のサンドイッチに誰かのかじった跡があるのに気がついた。彼は、別の作業員が図々しくも自分の見ていない隙にかじったのだろうと思って相手をなじり、ふたりのあいだでケンカが始まった。ふたりはそのまま建物から転落死したが、その後、サンドイッチを食べたのはネズミだったことが判明した。

　この彫刻は、転落死した作業員2名を

イギリスで
いちばん大きな彫刻は、
ストラトフォード地区の
クイーン・エリザベス・
オリンピック・パークにある
アルセロール・ミタル・
オービットだと言われている。
その高さは114.5mだ。

しのぶものと言われている。都市伝説の例に漏れず、この話もどこまで真実なのかは分からないが、たぶんどこかにほんとうのことが少しばかり含まれているのだろう。

店の常連客たちは力を合わせて、船舶と設備の品質に関する情報を提供する組織として船級協会を結成した。同協会は現在も活動していて、海運に関する専門知識を世界中に発信している。

おーい、そこの船よう！

注目 ロイズ船級協会ビルの装飾
場所 フェンチャーチ・ストリート71番地, EC3M 4BS

　フェンチャーチ・ストリート71番地には、建築家トマス・エドワード・コルカットが設計して1899年から1901年に建設されたコルカット・ビルがある。
　ファサードは、彫刻家ジョージ・フランプトンが貿易のアレゴリーや船舶に関係する事柄を彫った細部装飾で飾られている。角にはブロンズ製の女性像が2体あり、それぞれ小さな船の模型を抱えて「蒸気」と「帆」を表現している。さらに上を見れば、船の形をした華やかな黄金色の風向計があるのにも気づく。
　こんなふうに海運にかかわる装飾がたくさんあるのは、このビルがロイズ船級協会の本部として建てられたからだ。そもそもロイズ船級協会は、エドワード・ロイドという人物がシティ地区で経営していたコーヒーハウスで産声を上げた。このコーヒーハウスは船主と海上保険業者のたまり場になっていて、1760年、

ロンドンに来た古代エジプト

注目 クレオパトラの針
場所 ヴィクトリア・エンバンクメント, WC2N 6PB

　ロンドンの街頭にあるいちばん古い人工物は、クレオパトラの針だと考えられている。これは古代エジプトのオベリスクで、そもそも紀元前1450年ごろのエジプトでファラオのトトメス3世のため古代都市ヘリオポリスに立てられたものである。つまり、作られてから約3500年たっている計算だ。時代は下って1819年、当時のエジプトの支配者が、1798年のアブキール湾の海戦と1801年のアレクサンドリアの戦いでイギリス軍がナポレオンの軍を撃退してくれたことに感謝して、このオベリスクをイギリスに贈ることにした。
　ようやく1877年になってイギリス側の資金調達が済んでオベリスクをイギリスに運べるようになったが、その輸送も順風満帆とはいかなかった。200トンもある巨石を載せて船で牽引できるよう、鉄製の巨大な筒のような専用船が特

117

注で作られた。輸送の途中、専用船はビスケー湾でロープが切れて漂流し、5日間にわたって行方不明になったが、無事に発見できた。回収作業中に残念ながら船員6名の命が失われた。彼らのことは、クレオパトラの針の基礎部分にはめられたプレートに記されている。

　テムズ河畔に立てられたとき、その両側に2体のスフィンクスが置かれたが、その向きは間違っていると言われている。現状では内側を向いているけれど、本来ならクレオパトラの針を守るように外側を向いていなくてはならないそうだ。ちなみに、向かって右側のスフィンクスの台座には、第1次世界大戦のとき落とされた爆弾の破片でできた傷跡があるので、確かめてみるといい（60～61ページ参照）。

第 2 章　ロンドンの暗号を解く

彫像と鋳像
ロンドンにある格別に珍しい像

ロンドンでいちばん古い像はどこに？

注目　アルフレッド大王像とエリザベス1世像

場所　トリニティ・チャーチ・スクエア, SE1 4HT; セント・ダンスタン・イン・ザ・ウェスト教会, EC4A 2HR

「ロンドンでいちばん古い像」の座をめぐっては、ふたつの有力候補がある。

第1候補は、トリニティ・チャーチ・スクエアにあるアルフレッド大王像だ。この像は長い間、中世のものではないかと考えられてきた。ところが2021年に保存作業をしたとき、上半分が実は18世紀のものであることが判明した。石材が、1770年代に生産が始まった人造石コード・ストーンだったのだ。もっとも、下半分はイングランド南西部のバースで採れるバース石で作られていて、専門家によると、古代ローマ時代にあたる紀元2世紀のものだという。もともとは、古代ローマ時代に作られた高さ3m

119

のミネルヴァ女神像の下半分だったそうだ。

これに対する第2候補は、フリート・ストリートにあるセント・ダンスタン・イン・ザ・ウェスト教会の横に立つエリザベス1世像だ。基部に「1586」と刻まれていて、シティ地区への入口であるラドゲート門が1760年に取り壊されるまでは、その正面に飾られていた。ロンドンの街頭にあるものとしては唯一のエリザベス1世像で、しかも生前に制作された唯一の彫像なので、歴史的にほんとうに貴重な宝物だ。

消えた像

注目　キャヴェンディッシュ・スクエアの空いている台座
場所　キャヴェンディッシュ・スクエア, W1G 0PR

トラファルガー・スクエアにある「第4の台座」については、聞いたことのある人もいる。150年間、何も設置されることなく空いたままだった台座で、現在では2〜3年おきに違ったインスタレーションが展示されている。ところで、ロンドンにはもうひとつ空いたままの台座があるのだけれど、みなさんはご存知だろうか？

メリルボン地区にあるキャヴェンディッシュ・スクエアには、以前その中央に、1770年に建てられたカンバーランド公爵ウィリアム王子の鋳像があった。国王ジョージ2世の3男だったカンバーランド公爵は、スコットランドで1746年に、前王家であるスチュアート家の王位復活を目指すジャコバイトたちに対してカロデンの戦いで決定的な勝利を収めていて、公爵の像は、彼の功績をたたえるため友人によって設置された。鋳像は、わざわざスコットランドのある北を向くように置かれたという。

ところが、公爵の人気は長続きしなかった。スコットランド人に対し、一切容赦するなと言って冷酷無残に弾圧していたことが発覚したのだ。カロデンの戦いのあと、スコットランド北部ハイランド地方に住む人々とその文化は情け容赦なくたたきつぶされ、その蛮行を聞いてロンドン市民は激怒した。鋳像は1868年に引き倒されて鋳つぶされ、2度と建てられることはなかった。

2012年、韓国人アーティストのシン・ミキョンが石けんで公爵の像を復元した。石けんで作ることで、像が時間とともにだんだん溶けて最終的には消えてなくなることを目指したもので、それによって像というものは持つ意味が変わっていくことを表現しようとしていた［実際には展示期間中に溶けきらず、石けん像は2016年に撤去された］。

橋詰めに立つ獅子

注目　サウスバンク・ライオン
場所　ウェストミンスター橋, SE1 7GA

ウェストミンスター橋の東詰めには、橋を守るように巨獣が立っている。サウスバンク・ライオンだ。この巨大な彫像は、コード・ストーン（36ページ参照）でできていて、もともとは現在のロイヤル・フェスティバル・ホールの位置

にあったライオン・ブルワリー社のため1837年に建てられたものだった。

同社の建物は1949年に解体されたが、ライオン像は運よく破壊を免れた。このライオン像救出に動いた人物は誰だと思う？　時の国王ジョージ6世その人だったと言われている。

ロンドンでいちばん長いにらみ合い

注目　オリヴァー・クロムウェルの全身像とチャールズ1世の胸像
場所　セント・マーガレット・ストリート, SW1P 3JX; セント・マーガレット教会, SW1P 3JX

ウェストミンスター・ホールの横に、ピューリタン革命の指導者オリヴァー・クロムウェルの堂々とした全身像が立っている。1899年の建立で、手がけたのは彫刻家ヘーモー・ソーニクロフトだ。

このクロムウェル像と道路を挟んで向かい側に、不倶戴天の敵で、ピューリタン革命で処刑されたチャールズ1世の胸像がクロムウェルをじっとにらむように置かれている。この胸像はセント・マーガレット教会の壁龕にあり、その位置は1956年に「チャールズ殉教王顕彰会」が同教会に寄付してからずっと変わっていない。

都市伝説のひとつに、「オリヴァー・クロムウェル像の視線は、チャールズ1世像と直接目が合わないよう下に向けられている」というものがあるが、ふたつの像が設置された時期を考えれば分かるとおり、まったくのデタラメだ。

ロンドンでいちばんラッキーな像

注目　チャールズ1世騎馬像
場所　チャリング・クロス交差点, SW1A 2DX

トラファルガー・スクエアのそばの、交通量が激しいチャリング・クロス交差点の安全地帯の真ん中に、国王チャールズ1世の騎馬像がある。同王治世の1630年に発注されたもので、ロンドンでいちばん古いブロンズ像だ。

ピューリタン革命が始まると、議会はこの騎馬像を撤去・破壊するよう命じ、騎馬像は解体のためジョン・リヴェットという名の金属職人に引き渡された。しかしリヴェットは像を壊さず自宅の庭に隠した。どうやらビジネスの才能のある男だったようで、彼は議会をだましただけでなく、民衆にも「騎馬像の金属で

> ロンドンの公式な「中心点」は、チャールズ1世騎馬像が建っているチャリング・クロス交差点である。

作ったものだ」と言ってだましてふつうのナイフとフォークを売っていたというから驚きだ！

1660年、王政復古でチャールズ2世が即位すると、リヴェットは隠していたことを明かし、騎馬像は1675年、現在の位置に置かれた。皮肉なことに、騎馬像の視線が向かうホワイトホール通りの先には、当のチャールズ1世がバンケティング・ハウス前で1649年1月30日に首を切られた処刑場所がある。

寄り目の像

注目 ジョン・ウィルクスの像
場所 フェター・レーン, EC4A 1ES

シティ地区にある小路フェター・レーンには、ジョン・ウィルクスの像が立っている。

ジョン・ウィルクスは、18世紀に活躍した有名な急進的下院議員にしてジャーナリストで、自由のために戦う人物だった。議会改革と宗教的寛容を訴え、アメリカ独立を支持した彼は、議会を2度追放され、一時は名誉毀損で投獄されたこともあった。

その生涯は興味の尽きないもので、1988年には彼を称賛する人たちによってウィルクスの像がフェター・レーンに建てられた。像は本人の肖像画にそっくりで、寄り目だったところまで忠実に再現されている。

都市伝説つぶし

注目 さまざまな騎馬像
場所 トラファルガー・スクエア, WC2N 5DN; ホワイトホール, SW1A 2NP; ホルボーン・サーカス交差点, EC1N 8AA

みなさんも耳にしたことがあるかもしれないけれど、よく知られている都市伝説に「騎馬像の馬の足を見れば、馬に乗っている人物がどんなふうに死んだかが分かる」というものがある。

いわく、足がふたつ地面から離れていれば戦場での死。ひとつ離れていれば、戦闘中に受けた傷がもとで死んだ。足が4つとも地面にしっかりついていれば、戦争とは関係ない原因で亡くなった。

もちろん、こんな話はデタラメなのだが、これに当てはまる例はビックリするくらい多い。ロンドンには騎馬像がたくさんあり、その大半が都市伝説のとおりなのだ。例えば、トラファルガー・スクエアにある国王ジョージ4世騎馬像のでっぷり太った馬は足が4つとも地面についていて、ジョージ4世は胃の静脈瘤破裂で死んでいる。でも、当てはまらない例も6つある。例えば、ホワイトホール通りに立つ第1次世界大戦時の陸軍元帥ダグラス・ヘイグの騎馬像は、馬の足がひとつだけ上がっているが、ヘイグの死因は心臓発作だ。また、ホルボーン・サーカス交差点にあるアルバート公の騎馬像も、馬の足がひとつだけ浮いている

123

が、彼は戦場に近づいたことすらなく、1861年に亡くなったとき、死因は腸チフスだと診断された。

というわけで、今度この都市伝説を言ってくる知ったかぶりに出会ったら、それは間違いだと懇切ていねいに教えてあげよう。

モグラ塚が大ごとに

注目 ウィリアム3世の騎馬像
場所 セント・ジェームズ・スクエア, SW1Y 4LE

1808年に建立された堂々たる国王ウィリアム3世の騎馬像は、美しいセント・ジェームズ・スクエアの中央に立っている。

馬の左後ろ足の下をよく見ると、不自然な盛り上がりがあるのが分かる。この盛り上がりは、1702年に宮殿ハンプトン・コート・パレスでウィリアム3世を乗せた馬がつまずいたモグラ塚を表していると言われている。つまずいたせいでウィリアム3世は落馬して負傷し、それから間もなく怪我の合併症による肺炎で亡くなった。

1688年の名誉革命でウィリアム3世に王位を追われたジェームズ2世の支持者たちは、「ベルベットのウェストコートを着た小さな紳士」つまりモグラに祝杯を上げたと言われている。

ところで、盛り上がりがモグラ塚を表しているというのは、ほんとうなのだろうか？　確かに、ロンドンにあるほかの騎馬像より盛り上がりは目立っているけれど、それがわざとなのか、それとも構造上そうしたにすぎないのかは、今もよく分かっていない。まあ、真実であれ都市伝説であれ、おもしろい話であることに変わりはないけれどね！

地下鉄バンク駅のそばには、ワーテルローの戦いでナポレオンを破ったウェリントン公爵の騎馬像がある。1844年の建立で、材料にはワーテルローの戦いで捕獲した大砲を溶かした金属が使われている。ちなみに関心のある向きのため記しておくが、馬は4つの足がすべて地面についていて、ウェリントン公は脳卒中で死んだので、例の都市伝説が当てはまる。

第 2 章　ロンドンの暗号を解く

街歩きルート 2

地下鉄トテナム・コート・ロード駅から
トラファルガー・スクエアまで（3.3km）

隠された図像と謎に満ちたアート作品に注目しながら、ロンドン中心部を歩こう。

1　オックスフォード・ストリート105番地〜109番地にあるビーバーの像（111ページ「川もダムもないけれど」参照）
2　ソーホーの7つの鼻のうち、ダーブレー・ストリートにある鼻の大まかな位置（104ページ「はなざかり」参照）。ついでに、この街歩きルートに残りの鼻がないか探してみよう！
3　ミアド・ストリートの街路表示（132ページ「ロンドンでいちばん古い街路表示」参照）
4　ディーン・ストリート88番地にあるジョージ王朝時代の店舗正面（43ページ「買い物するなら」参照）
5　ソーホー・スクエアの小屋（157ページ「胸いっぱいの空気を」参照）
6　シャフツベリー・アヴェニュー135番地にある映画館のフリーズ（109ページ「フリーズは語る」参照）
7　「黄金の雌鹿」の図像（90ページ「友は鹿しかいない」参照）
8　織物商の乙女のひとつがある大まかな位置（84ページ「謎の乙女」参照）
9　地下鉄コヴェント・ガーデン駅（51ページ「地下鉄のタイル」参照）
10　コヴェント・ガーデン・マーケットにあるベッドフォード家の紋章（89ページ「ヒントは紋章にあり」参照）
11　グッドウィンズ・コート通りにある火災保険プレートとガス灯（87ページ「ロンドンは燃えている」と149ページ「暗い所に光を当てて」参照）
12　ジンバブエ・ハウスの彫刻（114ページ「ストランド通り人体バラバラ事件」参照）
13　ジョージ4世騎馬像（123ページ「都市伝説つぶし」参照）
14　警察の監視所（169ページ「ロンドンでいちばん小さな警察署」参照）
15　チャールズ1世騎馬像（122ページ「ロンドンでいちばんラッキーな像」参照）

第2章　ロンドンの暗号を解く

127

第3章
街頭設備
あれこれ

ロンドンの路上には、街灯柱や車止め用のボラード、石炭投入口の蓋や街路表示といった、いろんな街頭設備がある。ふだんロンドンを歩いている人は、そんな街頭設備を毎日数千個とまではいかなくても数百個は目にしていることだろう。この章では、路上でちょっと立ち止まって、こうした実用性しかないと思われがちな品々に目を向け、どれをとっても興味の尽きない裏話を楽しんだり、街頭設備からはっきりと見えてくる昔のロンドンの姿を読み解くコツを学んだりすることにしよう。

> # A地点からB地点へ
> 迷子にならないための実用的な設備

ロンドンの街路は
○○○○で
舗装されている

注目　木レンガによる舗装
場所　カムデン・ハイ・ストリート259番地, NW1 8QR; アッパー・ストリート335番地, N1 0PB; チェッカー・ストリート, EC1Y 8NR

「ロンドンの街路は黄金で舗装されている」とは、ヴィクトリア時代の有名な物語『ディック・ウィッティントンとねこ』の主人公ディック・ウィッティントンのセリフだ。比喩的にはそのとおりかもしれないが、残念ながら現実は違う。

18世紀、道路を舗装するのにいちばんよく使われていたのは敷石だった。ところが、馬車を使うことが増えてくると問題が持ち上がった。騒音である。馬の蹄鉄と鉄製の車輪は、花崗岩の敷石の上ではものすごくうるさい音が出るし、何より滑りやすかった。そこで19世紀になると、ロンドン中心部の特に交通量の激しい大通りには、ほとんどの舗装に木片をレンガの形に加工した木レンガが採用された。木レンガの方が耐久性があるし、維持費は安いし、どうやら事故も減ったらしい。

けれども、木レンガには欠点もあった。掃除するのがとてもたいへんで、放っておくと市内で生まれる不快な液体、つまり馬の尿を吸い込んでしまうのだ。そのにおいは、とても耐えられるものではなかったそうだ。

第 3 章　街頭設備あれこれ

ボラードは戦う

注目　大砲のボラード
場所　バンクサイド地区, SE1 9HA; セント・ヘレン教会（ビショップスゲート）, EC3A 6AT

イギリス人資産家アラン・シュガーの実業家としての第一歩は、再舗装中の道路から撤去された木レンガを引き取り、小さく切って、たきつけとして売ることだった。

1920年代から自動車が普及すると、木レンガは大部分がアスファルトとタールに替えられたが、一部の道路は1950年代まで木レンガで舗装されたままだった。

下水溝の蓋やマンホールの蓋には、替えられることなく今も木レンガが使われているものがあり、カムデン・ハイ・ストリートや、エンジェル地区のアッパー・ストリートで見つけることができる。また、イズリントン地区のチェッカー・ストリートは、ほんの少しだけだけれど、木レンガで舗装された部分が今も残っている。

ロンドンに何本も立っている車止め用の柱「ボラード」。時間をかけてじっくり見たことはないかもしれないけれど、よく見てみると、その多くは大砲の砲身を立てたような形をしていることに気づくだろう。なぜなら、何本かはほんとうに大砲だったからだ。

ロンドンでは古くなった大砲の手っ取

131

り早い再利用法として、港湾地帯を中心に、砲身を立てたものを、船をロープでつなぐ係船柱やボラードとして何百年も前から使っていた。ちなみに「ボラード」(bollard)という単語は、「木の幹」を意味する「bole」が語源で、「係船柱」という意味もある。

サザーク橋のバンクサイド地区側のたもとには、大砲をそのまま使ったボラードが1本あり、よく見ると砲耳（砲身を砲架に支えるための突起物）を取ったときにできた跡が残っているのが分かる。また、シティ地区のビショップスゲートにあるセント・ヘレン教会の横にも大砲のボラードが1本あり、これはもともとフランス軍の大砲だったと考えられている。

よく話題に上る都市伝説に、「ロンドンのあちこちにあるボラードの多くはトラファルガーの海戦で捕獲したフランス軍艦の大砲である」というものがあるが、海戦のあとイギリスまで曳航されたフランスの軍艦は1隻もないので、この都市伝説はまず間違いなくデタラメだろう。

現代のボラードは、多くが大砲のボラードと見た目がそろうように設計されていて、先端も砲弾みたいに見えるよう丸くなっている。

ガードせよ

注目　ガードストーン
場所　ホランド・パーク・ミューズ, W11 3SX

狭い小路や石畳の小道に入るとき、その入口をよく見ると、「ガードストーン」があるのに気づく。

これは石でできた突起物で、その起源は馬車の時代にまでさかのぼる。馬車の車輪は、ほとんどが車体の外側についていたので、門柱や建物の角にぶつかることがよくあった。そこで、建物を守るボラード代わりに設置されたのが、ガードストーンだった。

ロンドンでいちばん古い街路表示

注目　ヨーク・ストリートの街路表示
場所　タヴィストック・ストリート34番地〜36番地, WC2E 7PB

今では当たり前になっている街路表示が生まれたのは1666年のロンドン大火後のことで、それは、市民への指示を分かりやすくし、緊急事態への対応をもっとやりやすくしようと考えた結果だった。

ただ、ロンドンでいちばん古い街路

表示はロンドン大火以前のものだ。タヴィストック・ストリート34番地から36番地にある建物の最上部にある石板がそれで、年代を表す「1636」という数字と、通りの旧称「ヨーク・ストリート」（Yorke Street）の文字が刻まれている。最初期の街路表示は年代を刻んだ石板であることが多く、イーストエンド地区ハイウェー128番地の石板には「1678」、ウェストミンスター地区バートン・ストリートの石板には「1722」、ソーホー地区ミアド・ストリートの石板には「1732」と記されている。

時代のしるし

注目　街路表示
場所　ヴィクトリア・パーク・ロード, E9 7JN

　街路表示には、今も昔も決められた統一的なデザインがなく、そのためロンドンのあちこちにある街路表示は、素材も色も書体もてんでんばらばらだ。例えばハムステッド地区では、黒いタイルに街路名が白い文字で書かれているが、よその場所では、ところどころで青いホウロウ製のプレートも使われている。

　街路表示には、年代を特定するのに役立つヒントがいくつかある。

　郵便物の配達地域を文字と数字の組み合わせで示すポストコードが初めて導入されたのは、第1次世界大戦中の1917年のことだった。郵便局員が兵士として何人も戦争へ行ったので、交代要員の助けとなるような新しいシステムが必要になったからだ。そうしたポストコードの一例をヴィクトリア・パーク・ロードで見ることができる。ここには、ポストコードを「NE」とだけ記して数字が書かれていない街路表示がある。実は、この表示にはちょっとおもしろい裏話がある。「北東部」（North Eastern）を意味するNE地区は1856年に設けられたが、配達される郵便物の量がほかより少なかったため、10年後には「東部」（Eastern）であるE地区に統合された。ところが、その後も「NE」と記された街路表示は何年も作られ続けた。北東部の住民たちが、労働者地区であるイーストエンドの住民といっしょにされたくないと思ったからだ。

　街路表示に記された自治区名も、年代特定のヒントになる。例えば、街路表示に「セント・パンクラス自治区」（Borough of St Pancras）と書いてあれば、この表示はセント・パンクラス自治区が他の自治区と合併してカムデン自治区になった1965年より以前のものだと分かる（自治区については137ページを参照）。

道路はロード?

注目 シティ地区の道路
場所 シティ地区

　みなさんは「ロンドンのシティ地区にロードはない」という話を聞いたことがあるかもしれない。これは九分九厘、真実だ。端から端まですべてシティ地区に入っている道路は、どれも名前の最後が「ロード」（Road）以外の単語で終わっている。代わりに最後に来ているのは「ストリート」（Street）、「アレー」（Alley）、「プレース」（Place）、「コート」（Court）などだ。

　どうしてそうなっているのか？　いちばん有力な説は、「シティ地区で道路の配置と名前が決まったのが、roadという単語が現在の意味で使われるより前だった」というものだ。それによると、roadが都市中心部の道路を意味する言葉として使われるようになるのは16世紀末ごろのことで、それまでは町と町とを結ぶ長距離道だけを指していたらしい。

ロンドン中心部で
いちばん狭い小路はふたつある。
トラファルガー・スクエア近くの
ブリッジズ・プレースと、
ブルームズベリー地区にある
エメラルド・コートだ。

　ただ、実を言うとシティ地区には「ロード」と名のつく道路が1本存在している。ゴズウェル・ロードは、バービカン団地からエンジェル地区までを通っていて、南半分がシティ地区に、北半分がイズリントン自治区に属している。こうなっているのは、1994年に自治区の境界が変更されて道路の南半分がシティ地区に編入されたためである。

地下都市の証拠?

注目 地下にある街路表示
場所 チャリング・クロス・ロード，
　　　W1D 4TA

ステップ1　チャリング・クロス・ロードを進み、パブ「コーチ＆ホーセズ」の前にある道路中央の安全地帯に立つ。
ステップ2　足元にあるグレーチングの隙間から下をのぞく。
ステップ3　地面より下に見える「リトル・コンプトン・ストリート」（Little Compton Street）と書かれた街路表示を見つける。

　この街路表示について、これは知られていない地下都市、つまり地表面が高くなったせいで失われた昔のロンドンが存在する証拠だと言う人たちがいる。けれども、それは間違いだ。

　グレーチングの隙間から見えているのは、実は電線や管路を通すための公益事

業用トンネルである。街路表示が掲げてあるのは、トンネルの中で働く作業員たちに現在地を知らせるためだ。なお、リトル・コンプトン・ストリートは現存しない道路で、1886年にチャリング・クロス・ロードが作られたときに廃道となった。

境界を定める

注目　教会区の境界標識
場所　ケアリー・ストリート56番地, WC2A 2JB

　ロンドンにまだ自治区制度が導入されていなかった19世紀前半には、地域の決定を下すのに教会区がまだまだ重要な役割を担っていて、例えば、さまざまな行政事務を実行するため地方税を上げられるかどうかも教会区ごとに決められていた。だから、自分がどの教会区に住んでいるかを知ることはとても重要だった。そこで登場するのが、教会区の境界

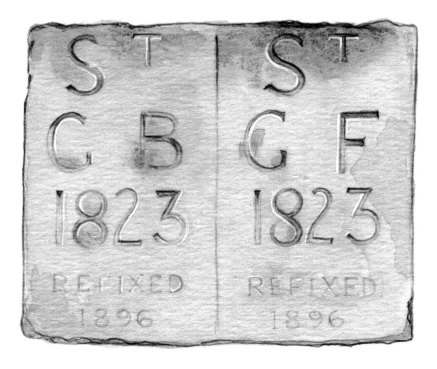

標識だ。

　教会区の境界標識は、金属製または石製のプレートを壁に取りつけたものが多く、それ以外だと石のブロックを使った標識がときどき見られる程度で、どれも17世紀から19世紀に設置されている。そこには、その標識が境界を示している教会区の名前が、たいていは短縮した形で記されている。

　王立裁判所の裏手を走るケアリー・ストリートには、ふたつ並んだ境界標識がある。どうやら17世紀に設置されたもののようで、ひとつにはフリート・ストリートにあるセント・ダンスタン・イン・ザ・ウェスト教会（St Dunstan in the West）を意味する「WSD」の文字が刻まれ、もうひとつには、ストランド通りにあるセント・クレメント・デーンズ教会のシンボルマークである錨が刻まれている。ときには標識に刻まれているものの意味を解明するのに少々調査が必要なこともある。特に、指している教会がずいぶん昔になくなっている場合はたいへんだ。

　ずいぶん分かりにくいって？　きっと当時の人もそう思っていたのだろう。そのため毎年「境界たたき」と呼ばれる行事が行なわれ、「たたき隊」が教会区内を歩きながら境界標識を棒でたたいて回って、ロンドン住民に境界の存在を強く意識させようとした。今日でもオール・ハローズ・バイ・ザ・タワー教会など一部の教会は、この行事を続けている。

分かりにくい自治区の話

注目　街頭設備に記された自治区名
場所　ロンドン全域

　ロンドンの街頭設備には、その設備の置かれている自治区の名前があちこちに記されていることが多い。

　1899年、ロンドンは地方自治を推し進めるため28の首都自治区に分割された。1965年、首都自治区は、ロンドン中心部を占める12の自治区に再編され、自治区ごとに独自の区役所と紋章と専用の書体が決められた。そういうわけなので、目の前の設備に例えばフィンズベリー、ショーディッチ、ステップニー、デットフォード、キャンバーウェルといった今はもう存在しない自治区名が書かれていれば、それは1965年以前のものだと分かる。

　自治区の中には、首都自治区だったときの名前をつなげて新たな名前にしたところもある。例えば「ケンジントン・アンド・チェルシー王立自治区」がそうだ。ちなみに「王立」（Royal）が加えられたのは1901年で、この自治区にケンジントン宮殿があり、王室にとって重要な場所だったことから授けられた。

　これらロンドン中心部の12の自治区と、ロンドン周辺部にある20の自治区がいっしょになって、「グレーター・ロンドン」が成立した。

奇妙な矢印

注目　戦争省の標識
場所　タワー・ヒル・テラスの近く，EC3N 4EE; アーティレリー・レーン，E1 7LJ

　ロンドン塔の近くで周囲をじっくり観察すると、背の低い鉄製のおもしろい標識がいくつもあることに気づく。その標識には、太矢じり印と、「WD」という文字と、「No.8」などの番号が記されている。

　実はこれ、「ロンドン塔特別行政区」の境界を示すものだ。宮殿であり牢獄でもあったロンドン塔とその一帯は、行政上特別な地位にあり、「WD」つまり戦争省（War Department）が管轄していた。太矢じり印は、もともと戦争省の前身で16世紀初めに設置された軍需局が使用していたシンボルマークだった（93ページ参照）。標識は1868年以降に設置され、現在では、西はテムズ川に下りる階段タワー・ステアズから、東はタワー・ブリッジまでの圏内に合計22個が存在している。例えばそのひとつは、歩行者用通路タワー・ヒル・テラスに上がる階段のそばにある。ロンドン塔特別行政区は1894年にカウンティ・オヴ・ロンドン（現在のロンドン中心部を管轄していた行政単位）に統合されたが、「境界たたき」は今も行なわれていて、ロンドン塔にあるセント・ピーター・アド・ヴィンキュラ王室礼拝堂が3年ごとに実施している（「境界たたき」については137ページを参照）。

　黒い矢印はスピタルフィールズ地区でもときどき見かけることがあり、例えば、アーティレリー・パッセージがアーティレリー・レーンと合流する三叉路に立つ建物の外壁にもひとつある。これらの矢印は、1682年まで砲兵の演習場として使われていた土地の範囲を示している。

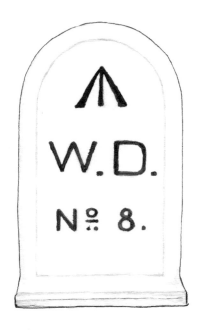

第3章　街頭設備あれこれ

ラウンデル並んでる

注目　ロンドン地下鉄のラウンデル
場所　コヴェント・ガーデン駅, WC2E 9JT; ムーアゲート駅, EC2Y 9AG; メイダ・ヴェール駅, W9 1JS

　ロンドンを代表するいちばんのシンボルマークと言えば、ロンドン地下鉄の丸いマーク「ラウンデル」だろう。駅名を記したラウンデルが初めて設置されたのは1908年、場所はセント・ジェームズ・パーク駅だ。そのときのラウンデルはホウロウ製で、赤く塗りつぶされた円の中央に青い横棒が通ったデザインだった。このオリジナル・デザインのラウンデルは、今も地下鉄コヴェント・ガーデン駅で見ることができる。また同じ1908年に、地下鉄を運行していた鉄道各社は話し合いの結果、地下鉄を指す総称として「Underground」を採用した。
　ラウンデルには、当初いくつかのバリエーションがあった。例えば1914年、メトロポリタン線はひし形をした独自のバージョンを導入した。ちなみに2013年、メトロポリタン線の開通150周年を記念して、このデザインのラウンデルがムーアゲート駅に設置された。珍しいラウンデルをもっと見たいなら、メイダ・ヴェール駅にあるモザイクのラウンデルはどうだろう。これは、この駅が開業した1915年に作られたものだ。
　1915年、地下鉄の新たな書体としてエドワード・ジョンストン考案のジョンストン書体が採用され、その後、マイナーチェンジを1970年代に1度、2016年には河野英一によってもう1度施されながら、現在まで使われ続けている。
　1919年にはラウンデルが地下鉄全線で使われるようになり、1933年、地下鉄を運行していた鉄道各社が統合されて、現在のロンドン交通局の前身となるロンドン旅客運輸公社が作られると、ラウンデルは同公社のロゴになった。
　今では、ラウンデルの「ファミリー」が作られて交通手段ごとに割り振られていて、オーバーグラウンド（近郊鉄道路線）、レンタサイクル、ドックランズ・ライト・レイルウェー（DLR。高架モノレール）、河川交通、路面電車は、それぞれ色違いのラウンデルを使用している。

ハリーの才幹

注目　地下鉄の路線図
場所　地下鉄テンプル駅, WC2R 2PH

　ロンドン地下鉄の路線図も、ロンドンを代表するシンボルのひとつだけれど、そもそも、なぜ今のような形になったのだろう？
　地下鉄の路線図が最初に作られたのは1908年で、そのときの路線図は、地下鉄の線路が敷かれている場所を地理的に正確に描いたものだった。ところが、こ

139

れがひどい代物で、線はこんがらがっているし、名前は書かれている向きがまちまちで、まったく使い物にならず、とりわけ駅と駅との距離がとても近いロンドン中心部は読み取り不能だった。

改良の努力が続けられて20年以上たった1931年、地下鉄で働いていた電気製図工のハリー・ベックという人物が、時間つぶしに路線図の問題に取り組んでみることにした。彼がヒントにしたのは電気回路の図だ。そうしてできた路線図はとてもスッキリしたもので、線路はすべて縦・横・斜めの直線で引かれ、線が折れ曲がる部分は丸いカーブになっていたほか、駅は等間隔に並べられていた。この路線図は今も使われていて、その描き方は世界各国の地下鉄で採用されている。ベックの路線図が初めて発行されたのは1933年1月で、最初はポケット版だった。彼が受け取った報酬はどれくらいだったかって？　たったの10ポンドだった（現在の価値だと600ポンド）。

地下鉄テンプル駅の入口脇には、ベックの路線図より古いタイプの、1932年に作られたビンテージものの路線図があるので、チェックしてみてほしい。

みなさんご乗車ください！

注目　ロンドンのトラム路線網
場所　サウサンプトン・ロウ14番地〜16番地, WC1B 4AP

現在ロンドンを走るトラム（路面電車）の路線は、南ロンドンで2000年に開通したクロイドンとベックナムとウィンブルドンを結ぶ短いものがあるだけだ。けれども以前には、これよりはるかに広い、ロンドン全域をカバーするトラムの路線網があった。

トラムの最初の路線が敷かれたのは1860年、場所はウェストミンスター地区のヴィクトリア・ストリートで、設置した人物はおもしろいことに名前をジョージ・フランシス・トレインといった。当初は馬に引かせた馬車鉄道だったが、1901年に電化された。その後、ウェストミンスター地区とシティ地区では裕福な地主や企業が大反対したので広がらなかったけれど、この2地区をのぞく市内全域でトラムは運行された。

トラム路線は「交通の障害になる」との理由で1952年に全廃されたが、その痕跡は今も残っている。舗装道路で足元に目をやると、ところどころに「London County Council Tramways」（ロンドン・カウンティ・カウンシル・トラム路線）と記された旧作業用ハッチの蓋があるのに気づく（「ロンドン・シティ・カウンシル」と

第 3 章　街頭設備あれこれ

は、当時のロンドン行政府の名称）。また、ホルボーン地区のサウサンプトン・ロウには、ホルボーンとヴィクトリア・エンバンクメントを結ぶため 1906 年に開通したトラム用トンネルの入口が、線路も含めてそのまま残っている。

防空壕を探せ

注目　第 2 次世界大戦時の防空壕の表示
場所　ロード・ノース・ストリート, SW1P 3LA; タナーズ・ヒル, SE8 4QB; ブルック・ストリート 42 番地, W1K 5DB

ロンドンを歩いていると、ごくまれに、今では文字が薄れているが、第 2 次世界大戦でロンドン大空襲があったときに使われていた地下防空壕の場所を示す表示を見かけることがある。たいていは、白地に黒または黒地に白で「防空壕」を意味する「shelter」の頭文字「S」がデカデカと書かれていて、一部には矢印や説明文が添えられているものもある。

このデザインは夜の暗闇でも目立つようにするため、当時イギリスでは 1939 年 9 月 1 日から灯火管制が敷かれ、1945 年 4 月に解除されるまで続いていた。また防空壕の表示だけでなく、縁石や木や街灯柱も、暗くても地上で目立つよう白く塗られた。

ロンドン中心部でいちばん分かりやすいのが、ウェストミンスター地区のロード・ノース・ストリートにある表示で、いくつかある表示のひとつには「public shelters in vaults under pavements」（公共防空壕　道路下の地下室にあり）と書かれている。ほかに、ルイシャム地区のタナーズ・ヒル通りが通る跨線橋と、メイフェア地区のブルック・ストリート 42 番地にも S と書かれた表示がある。

第 3 章　街頭設備あれこれ

いつでもお役に立ちます
都市での暮らしを豊かにする便利な設備

国王たちの頭文字

注目　郵便ポストにある国王・女王のモノグラム

場所　フリート・ストリート, EC4A 2BJ

　ロンドンで郵便ポスト探しを始めると、街歩きの様相は一変する。

　料金が全国一律のペニー郵便制度が導入されると、イギリス伝統の柱型郵便ポストの第1号が、1852年ジャージー島に設置された。それから数年でイギリス本土にも郵便ポストが次々とできていった。

　どの郵便ポストにも、正面に設置当時の国王・女王のモノグラムがあり、それを見れば郵便ポストが立てられたのはどの君主の時代かが分かる。モノグラムとは、名前のイニシャルなどを使ったマークのことだ。ヴィクトリア女王以降、歴代の君主はみな専用のモノグラムを持っていて、たいていは自分の名前の頭文字と、ラテン語で「国王」「女王」を意味する「rex」「regina」の頭文字R、それに何世かを示す数字を組み合わせたものを使っていた。ロンドンでいちばん目にするのは、言うまでもなくエリザベス2世の郵便ポストだ。いちばん古いのはヴィクトリア女王の郵便ポストで、そのデザインは、例えば初期のペンフォールド型は六角形をしているなど、現在の

ものとちょっと違っている。そんなヴィクトリア女王の郵便ポストがひとつ、フリート・ストリート141番地の前に立っている。

　エドワード8世の郵便ポストを見つけられたら、ポスト探しのチャンピオンだと自慢していい。エドワード8世は1936年に即位したが、離婚歴のあるウォリス・シンプソン夫人と結婚するため、わずか1年足らずで退位したので、在位中に立てられたポストは数がものすごく少ないからだ。

緑でいるのも楽じゃない

注目　緑色の郵便ポスト
場所　セント・マーティンズ・ル・グランド, EC1A 4ER

　シティ地区のセント・マーティンズ・ル・グランド通りには、珍しい緑色をした六角柱の郵便ポストがある。

　これは、緑色のペンフォールド型郵便ポストのレプリカで、国王ヘンリー8世の時代に最初の郵便局が作られて500年がたった記念として2016年に置かれたものだ。

　設計者ジョン・ペンフォールドの名前を採ったペンフォールド型郵便ポストは、1866年から1879年までの期間に設置された。最初のペンフォールド型は1852年ジャージー島に設置され、その

とき塗られていた色は赤だった。その後は緑が主流になったが、どうやら緑色のポストは見つけるのがたいへんだったらしく、1874年以降、郵便ポストは再び赤色になった。

昔は出す場所だった

注目 カクテルバーに改装された元公衆トイレ
場所 バー「レディーズ・アンド・ジェントルメン」, NW5 1NR; バー「バーモンジー・アーツ・クラブ」, SE1 4TP; バー「セラードア」, WC2R 0HS

19世紀にロンドンの人口が急増するにつれ、公衆衛生の問題が次第に切実になってきた。

1851年、ハイド・パークで開催されたロンドン万国博覧会で、ジョージ・ジェニングズという技師が公衆便所に水洗トイレを導入した。来場者がこのトイレを使うには少額の使用料を払う必要があり、そこから「1ペニーを支払う」(to spend a penny) が「トイレに行く」を意味するようになった。それからの数年間、ジェニングズが地元当局を説得したおかげで、ロンドン市内のあちこちに公衆トイレが設置された。その多くは、占める面積をできるだけ少なくし、かつ不快なにおいが道路に漏れないようにするため、地下に作られた。

こうした公衆トイレは、残念ながらほとんどが第2次世界大戦後に閉鎖され、復活することはなかった。今も閉鎖されたまま使われていない場所もあるが、改装されて地下のオシャレなクラブやカクテルバーになった元公衆トイレもある。そうした店では、まさかと思うが、「おしっこ」を意味する「pee」（ピー）に引っかけた「ピーニャ・コラーダ」とか、「くさいにおい」を意味する「pong」（ポング）でもじった「ポングアイランド・アイスティー」といったカクテルを出しているのだろうか……

したくなったら
ピソワール

注目　ヴィクトリア時代の小便所
場所　スター・ヤード, WC2A 2JL

　ホルボーン地区にあるスター・ヤード小路には、ヴィクトリア時代のロンドンが残した立派で珍しいものがある。
　それは鉄でできたヴィクトリア時代の男性用小便所で、別名をフランス語でもっと上品に「ピソワール」(pissoir)という。設置は1851年だ。昔はロンドン市内のあちこちにふつうに見られたのだけれど、私が知る限り、今もロンドン中心部に残っているのは、この1か所だけだ。
　ただし今は、もよおしてピソワールへ行きたくなっても、ここに駆け込んではならない。現在では隣接する建物の所有になっていて、どうやら倉庫として使われているようだからだ。

はね返してやる

注目 尿ディフレクター
場所 クリフォーズ・イン・パッセージ, EC4A 2AT; イングランド銀行のロスベリー通り側外壁, EC2R 7HH; タワー・ブリッジの階段, SE1 2UP

19世紀、狭い小路に面した場所や暗い隅などで建物の外壁によく取りつけられていたのが尿ディフレクターだ。基本的には壁際や隅に設置された傾斜のついた張り出しで、立ち小便を防止するためにつけられている。尿ディフレクターのある所で立ち小便をすると、尿がはね返って自分の靴をビショビショにしてしまうという仕掛けだ。

くさいにおいの元

注目 ヴィクトリア時代の臭気パイプ
場所 ユニオン・ストリート77番地, SE1 1SG; チェルシー・エンバンクメント, SW3 4LW; ジャマイカ・ロード, SE1 2YU; パーマストン・ロード（カーショールトン地区）, SM5 2JZ

1860年代から1870年代にかけて、ロンドンに土木技師ジョーゼフ・バザルジェットが設計した最新の下水システムが導入された。公式な運用開始は1865年だが、すべて完成したのは1875年だった。

ところがひとつ差し迫った問題として、下水道をどうやって換気して、くさくて爆発の危険があるガスを排出するかが悩みの種になっていた。この問題を、「黄金」を連想させる派手な名前の発明家ゴールズワージー・ガーニーが、名前に派手さのかけらもない「臭気パイプ」で解決した。これは中が空洞になった鋳鉄製のポールで、上端が開いていて、そこからガスが出ていく仕組みだ。

道路で見る限り、臭気パイプは街灯柱とあまり区別がつかないけれど、いくつか見分けるポイントがある。まず、臭気パイプは先端に照明装置がなく、例外もあるけれど、たいていは街灯柱より太くて長い。それから、側面に製鉄業者の名前が記されていることが多い。基本、デザインは単純で、色は緑かグレーだが、かなり凝った装飾のものもある。

その貴重な実物は、ユニオン・ストリートや、チェルシー・エンバンクメント、ジャマイカ・ロードなどで見ることができる。私が見た中でいちばん装飾に凝っていたのは、ロンドン中心部からずいぶん離れたサットン自治区カーショールトン地区のパーマストン・ロードに立つものだ。

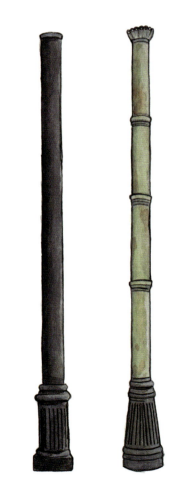

第 3 章　街頭設備あれこれ

おなら灯

注目　下水ガス燃焼灯
場所　カーティング・レーン, WC2R 0DW

　カーティング・レーンには、照明用という以外にもうひとつまったく別の目的を持ったガス灯がある。

　それは、ジョーゼフ・ウェッブという人物が1890年代に特許を取った「下水ガス燃焼灯」で、これには地下の下水管から爆発の危険性があるメタンガスを排出する機能があった。下水管の天井部にメタンガスを集めるドーム形の空間があり、バーナー（通常のガス管からのガスで燃える）に火をともすと、炎の力でメタンガスが空洞になっている街灯柱の中を吸い上げられて燃えるという仕組みだ。

　配管のやり方が変わってメタンガスが各家庭の配管システムで発散されるようになると、下水ガス燃焼灯はだんだんとふつうのガス灯に置き換えられ、現在ロンドンに残っているのは、カーティング・レーンにある1基だけとなっている。

　この燃焼灯は、「ファート・ランプ」（Fart Lamp）つまり「おなら灯」の愛称で呼ばれていて、カーティング・レーンも、当然と言うべきか、「ファーティング・レーン」というあだ名をつけられている。

暗い所に光を当てて

注目　ガス灯
場所　グッドウィンズ・コート, WC2N 4BN; ディーンズ・ヤード, SW1P 3PA; バードケージ・ウォーク, SW1H 9JJ

　ガス灯は、ロンドンの歴史遺産に欠かせないもので、ヴィクトリア時代のロンドンを彷彿とさせる、まるで文豪ディケンズの小説世界のような見事な光を放っている。これを実体験できる絶好の場所が、コヴェント・ガーデン近くにある裏道グッドウィンズ・コートで、ここに来るとほんとうにタイムスリップしたかのような気分になれる。

　ガス灯の第1号は、ロンドンに住むウィリアム・マードックが1792年に自宅に作ったものだ。また、確かな記録の上で最初にガス灯がともったロンドンの道路はペル・メルで、1807年のことだった。使用したガスは石炭を蒸し焼きにして発生させたもので、これをパイプでガス灯まで送り、最初のころは点灯夫たちが毎晩火をつけ、毎朝火を消していた。

　ガス灯は、20世紀半ばまで設置され続けたけれど、すでに19世紀後半には、電気が出てきたせいで数を減らし始めていた。

　現在ロンドンには約1500基のガス灯が残っていて、いちばん古いのはウェストミンスター寺院に近いディーンズ・

149

ヤードにある200年以上前のものだと考えられている。ほかにも、国王ジョージ4世のモノグラムが記された古いガス灯が、セント・ジェームズ・パーク沿いの道路バードケージ・ウォークにある。

口を覆って
ふさぐもの

注目　石炭投入口の蓋
場所　ガウアー・ストリート , WC1E 6HJ

　少しでもロンドンで暮らしたことのある人なら、きっと知らず知らずのうちに数え切れないほど「それ」の上を歩いていたに違いない。「それ」とは、石炭投入口の変哲もない蓋のことだ。
　鉄でできた円盤状の蓋で、直径はたいてい30 〜 36cm、多くはジョージ王朝時代とヴィクトリア時代の家屋の外にある。蓋が覆っている石炭投入口は、滑り台のような石炭シュートで家の地下にあるアーチ天井の石炭貯蔵庫とつながっていて、そのおかげで石炭配達業者は路上から石炭を直接搬入することができた。

150　LONDON
A Guide for
Curious Wanderers

蓋は、製作した鉄工所ごとにデザインが違っていて、中には装飾に凝ったものもあった。また、「自動ロック式」など最新技術が採用されていることを誇らしげに表示しているものもある。

石炭投入口の蓋は、場所によっては1960年代まで使われていたが、そのころになると、1956年の大気浄化法が施行されたこともあって脱石炭化が進み、蓋の多くは何かで覆われたり撤去されたりした。それでも数千個が今も残っていて、石炭をエネルギー源としていた時代のロンドンを思い出させる立派な歴史資料になっている。

石炭投入口の蓋はどこにでもあるけれど、いちばん見つけやすいのは保存状態のよいジョージ王朝時代またはヴィクトリア時代の街路で、例えばブルームズベリー地区にあるガウアー・ストリートはオススメだ。

資源は大切に

注目 第2次世界大戦時のストレッチャーを再利用したフェンス
場所 タバード・ガーデン団地, SE1 4XY; ロッキンガム団地, SE1 6QQ

第2次世界大戦中、ロンドンの住宅団地を囲むフェンスは、戦争で使う金属を確保するため多くが供出させられた。大戦が終わると、以前フェンスがあった場所の多くには、大量に余っていた医療用ストレッチャーが代わりに設置された。リサイクルというわけだ。

大戦が始まる直前、政府は民間人に非常に多くの死傷者が出るだろうと予想し、約60万台のストレッチャーを大量生産していた。実際には、ありがたいことに、そこまで必要ではなかったけれど。

再利用したフェンスには、ストレッチャーの特徴である、患者を乗せるメッシュ部分と、ストレッチャーを床から浮かせるため金属バーに施された浅いV字形の湾曲部があるので、ぜひ探してみてほしい。

死のポンプ

注目 揚水ポンプ
場所 コーンヒル 30 番地, EC3V 3NF; レドンホール・ストリート 65 番地〜68 番地, EC3A 2AD; ブロードウィック・ストリート 44 番地, W1F 7AE

　上水道が整備されて、きれいな水が使えるようになるまで、ロンドンに住む人たち、とりわけ最貧層の人たちにとって、水を手に入れる主要な手段はたいてい井戸であり、時代が下ると、それは揚水ポンプになった。

　今は使われなくなった古い揚水ポンプは、あちこちに残っていて、その大半は 19 世紀の初頭から半ばにかけて作られたものだ。実際に見てみたいなら、シティ地区のコーンヒル通りや、ホルボーン地区の公園クイーンズ・スクエア、フェンチャーチ・ストリートとレドンホール・ストリートが合流する角などに行くといい。

　レドンホール・ストリートにあるポンプは、「オールドゲート・ポンプ」または「死のポンプ」という名で知られている。それというのも 1860 年代以降、何百人ものロンドン市民がここのポンプの水を何の疑いもなく飲んで命を落としたことが知れ渡っているからだ。当時ポンプの水源となる地下水は近くの墓地をいくつも通過していて、その墓地で「有機物」が地下水に入り込んでいたのである。数百人が「オールドゲート・ポンプ

の疫病」で死んでいった。結局1876年に水源を水道水に変更し、ポンプの位置を少しずらすことで、この問題は無事に解決された。

ソーホー地区のブロードウィック・ストリートには、「ジョン・スノー・ポンプ」がある。その名を聞いて「テレビドラマ『ゲーム・オブ・スローンズ』の登場人物ジョン・スノウのことか？」と思った人もいるかもしれないが、もちろんそんなことはない。この呼び名は、ヴィクトリア時代にジョン・スノーという医師がこのポンプを調べて、当時ロンドンでたびたび流行していたコレラは汚れた水のせいで広まることを解明した功績に由来している。

すべてを見てきた水飲み場

注目　水飲み場
場所　ロンドン聖墳墓教会, EC1A 2DQ

1830年代から1860年代にかけ、ロンドンでは恐ろしいコレラが何度も発生した。医師ジョン・スノーは、この致死率の高い伝染病が蔓延している原因のひとつは、ロンドン市内にある揚水ポンプのうち何か所かの水が汚染されていることにあると突き止めた。

1859年、下院議員で慈善活動家のサミュエル・ガーニーと、法廷弁護士のエドワード・ウェークフィールドは、ロンドンの住人に清潔で安全な飲み水を無料で提供するため「首都無料水飲み場協会」を設立した。

同協会は教会と禁酒運動から熱烈に支持され、そのため水飲み場は教会の隣に作られることが多かった。最初の水飲み場は1859年に設置され、今も現役で使われている。設置場所は、ホルボーン高架橋通りに面するロンドン聖墳墓教会のフェンスで、銅製のコップも備えつけられている。

昔ここの水飲み場はものすごく利用され、推計で1日あたり7000人が使っていたと言われている。交差点を挟んで向かいにあったニューゲート監獄では1868年まで公開処刑が行なわれていて、大勢の群衆が見物にやってくることも多かった。19世紀のロンドンでは処刑見物は立派な娯楽と考えられていて、だからきっとここの水飲み場は、のどを渇かせた何千人もの見物人たちが利用していたことだろう。

その後も協会は、続く6年のあいだにロンドンで水飲み場をさらに85か所作り、その多くは今も現役で利用されている。

ウシなわれずに残った

注目　牛用の水槽
場所　ロンドン・ウォール, EC2Y 5BL; ホプトン・ストリート, SE1 9JJ; オールバニー・ストリート, NW1 4HR

　水飲み場を作ってロンドンの住人に清潔な水を無料で提供していた組織「首都無料水飲み場協会」は、1867年、王立動物虐待防止協会と手を組んで、馬・犬・牛に水を飲ませるための水槽もロンドン市内に設置することになった。協会名もすぐに改められて「首都水飲み場および牛用水槽協会」になった。

　1879年時点でロンドン市内には人間用の水飲み場が575か所、牛用の水槽が597か所あった。水槽は1936年まで作られ続け、その後は自動車の普及とともにだんだんと撤去されていった。

　初めのころ、水槽は丸太をくりぬいて内側に鉄板や亜鉛板を貼ったものが多かったが、今日まで残っているのは、その後に作られた花崗岩製のものだ。そうしたものは、現在では一部が花壇として使われていて、元水槽だったことは側面に協会の名前（Metropolitan Drinking Fountain and Cattle Trough Association）が刻まれていることで分かる。実物は、ロンドン・ウォール通り、ホプトン・ストリート、オールバニー・ストリートなどにある。

テムズ河畔のラクダ

注目　ラクダのベンチ
場所　ヴィクトリア・エンバンクメント, EC4Y 0HJ; アルバート・エンバンクメント, SE1 7LB

　1860年代から1870年代にかけて、土木技師ジョーゼフ・バザルジェットがロンドンで新たな下水システムを設計して、下水が市外へ流れ出るようにした。彼は数本の新しい幹線下水道管（これは今も現役だ）を通すため、テムズ川を合

第 3 章　街頭設備あれこれ

計で約9万m²埋め立て、堤防道路ヴィクトリア・エンバンクメントとアルバート・エンバンクメントを作り、さらにチェルシー・エンバンクメントも作った。

新たに作られたエンバンクメントの歩道には当然ながらちょっとした装飾が必要で、街頭設備のさまざまなデザイン案が提出された。それらはいかにもヴィクトリア時代風で、すばらしく手が込んでいた。

エンバンクメントのひとつを散策中に、ベンチに座ってひじ掛けを使うと、腕の下にあるのは、たぶんスフィンクスの頭か白鳥の頭だろう。ヴィクトリア・エンバンクメントをブラックフライアーズ橋に向かって歩いていくと、ラクダの形をしたベンチもある。

これをデザインしたのは首都土木局の主任建築技師ジョージ・ヴァリャミーで、古代エジプトの遺物クレオパトラの針とマッチするようデザインされた（クレオパトラの針については117ページを参照）。ちなみに、針の左右に設置された2体の巨大スフィンクス像をデザインしたのもヴァリャミーである。

155

イルカはいるか？

注目 イルカの街灯柱
場所 テムズ川の各エンバンクメント

テムズ川の堤防道路エンバンクメントには、イルカの街灯柱が歩道を飾るように並んでいる。

この鋳鉄製の街灯柱は、確かに「イルカの」と呼ばれてはいるけれど、表現されているのは実はイルカではなく2匹のチョウザメで、中央にはローマ神話の海神ネプチューンの顔がある。1870年から作られ始めたオリジナルの街灯柱は今も多くが現役で、エンバンクメントがさらに整備されていくにつれて街灯柱も次々と追加された。

この街灯柱をデザインしたのは、首都土木局の主任建築技師ジョージ・ヴァリャミーだ。

第3章　街頭設備あれこれ

ハウンズディッチのジェフリー・バーキントン

注目　シティ地区にある犬のベンチ
場所　ジュビリー・ガーデンズ公園（ハウンズディッチ），EC2M 4WD

　2018年のロンドン建築フェスティバルでは、シティ地区とロンドン橋周辺に、さまざまなデザイナーが手がけたユニークなベンチが9つ新たに設置された。
　私が個人的にいちばん気に入っているのは、ハウンズディッチ通りにある公園に置かれた石のベンチで、正面から見ると長いダックスフントのシルエットが切り抜かれている。
　デザインしたのは若手建築家のパトリック・マケヴォイで、道路名が「犬の濠(ほり)」を意味することに引っかけた遊び心あふれる作品だが、同時にこれはジェフリー・バーキントンという名の、昔マケヴォイが飼っていた今は亡きダックスフントをしのぶものでもある。座面には、こう記されている。「ここにハウンズディッチのジェフリー・バーキントンが眠る。（中略）享年は人間の年齢で98。安らかに眠らんことを」。

「ハウンズディッチ」（Houndsditch）という街路名は「犬の濠(ほり)」という意味だ。一説によると、この道路はかつて市壁の外にめぐらされていた濠の一部を通っていて、古代ローマ人と中世のロンドン市民は犬が死ぬと死体をこの濠に捨てていたのが、その名の由来なのだそうだ。

胸いっぱいの空気を

注目　目立たない地下換気口
場所　パタノスター・スクエア，EC1A 7BA; ソーホー・スクエア，W1D 3QP; コーンヒル，EC3V 3NR

　地上からは分からないけれど、人や車がせわしなく行き交うロンドンの地下には、トンネルや地下室、地下鉄や地下壕からなる、まったく別の世界が存在している。この地下都市になくてはならないものとは何だろう？　そう、換気口だ！　ロンドンにはいたるところに地下換気口があって、コツさえつかめばすぐに見つけられる。換気口だと分からぬよう巧みに隠されているものもあれば、芸術品と言っていいほど美しく飾り立てられてい

るものもある。ここでは、私のお気に入りベスト3を紹介しよう。

　ひとつめは、パタノスター・スクエアの円柱だ。これは、1666年のロンドン大火と、ロンドン大空襲中の1940年に起こった大火という、ふたつの火災を記念するため2003年に建てられたものだ。これが、地下駐車場の換気シャフトも兼ねている。実際、基部を見ると換気口があるのが一目で分かる。

　ふたつめは、ソーホー・スクエアの中央に建つネオ・チューダー朝様式の小屋である。1925年に建てられたものだが、その実態は地下にある変電所の換気口だ。また、保守・点検用の倉庫も兼ねている。

　3つめは王立取引所の外、コーンヒル通りに立つジェームズ・ヘンリー・グレートヘッドの像だ。台座が地下鉄バンク駅の換気シャフトを兼ねている。グレートヘッドは地下深くにロンドン地下鉄のトンネルを掘る方法を考案した土木技師だったから、ここの像にピッタリの人選だ。

御者にも休息を

注目　緑色の御者用休憩所
場所　テンプル・プレース, WC2R 2PH; エンバンクメント・プレース, WC2N 5AQ; ラッセル・スクエア, WC1H 0XG

　ロンドンの通りを歩いていると、道路脇に長方形をした緑色の小屋を見かけることがある。これはヴィクトリア時代に馬車の御者たちのために作られた休憩所で、1875年設立の御者用休憩所基金が運営している。

　時は19世紀後半、ある雪の降る寒い夜に、新聞の編集者ジョージ・アームストロングは貸し馬車に乗ろうと思って声をかけようとしたが、御者の姿が見当たらない。なんと全員、近くのパブで暖を取っていた（だけでなく、酒も飲んでいた）のである。当時、貸し馬車の御者と馬は悪天候にさらされながら客待ちをしていて、天気が特に荒れているときには馬車を放置して避難することも多かった。

　アームストロングは、シャフツベリー伯爵など何人かの慈善活動家に声をかけて、御者たちがロンドンで貸し馬車を走らせる合間に休憩したり温かい食事を取ったり、そして何より、アルコールを飲まずに過ごせる場所を確保するため、財団を立ち上げた。

　1875年から1914年までに61の休憩所が建てられた。どの休憩所も幅が貸

し馬車と同じだったので、公道の脇に設置しても邪魔にならなかった。休憩所には小さな炊事場があり、内部には最大で13人が座れた。

第1次世界大戦後、休憩所の多くは道路の拡張に伴って取り壊されたり、空襲で焼失したりして、現在ロンドンには13か所しか残っていない。そのうちのいくつかは残念ながら現在使われておらず、建物の傷みも激しいけれど、それ以外の休憩所では一般の人でも紅茶やベーコンサンドイッチなどを買うことができる。ただし、今も中に入れるのは現代の御者であるタクシー・ドライバーだけだ。

バンクサイドの珍品

注目　渡し守の椅子
場所　バンクサイド, SE1 9DS

　バンクサイド地区には、通り過ぎる大勢の人たちに気づかれることはほとんどないけれど、とてもすばらしい小さな歴史遺産がある。渡し守の椅子だ。
　1750年まで、ロンドン中心部でテムズ川に架かる橋はロンドン橋1本しかな かった。そのため、小さな渡し船に人を乗せて川を渡ったり上り下りしたりする商売は、おおいに繁盛していた。テムズ川の南岸はシティ地区の管轄範囲外だったので、特に16世紀から17世紀には、劇場や熊いじめ小屋、売春宿など、いろんな「娯楽」施設を求める人たちが真っ先に行きたがる場所だった。
　たぶん昔テムズ川沿いには、お楽しみに出かけた客が戻ってくるまで渡し守が座って待っているための腰掛けがたくさんあって、きっとこの「渡し守の椅子」は、そうした腰掛けのひとつだったのだろう。
　この椅子がいつごろ設置されたのか、確かなことは分からないが、おそらく数百年はたっているだろうと考えられている。

160　LONDON
A Guide for
Curious Wanderers

それだけが残った

注目 ピカデリー通りのポーター用休憩台
場所 ピカデリー , W1J 7NW

　ピカデリー通りにあるバス停の横に、ロンドンではここ以外で見かけることのない街頭設備がひとつある。地味なポーター用休憩台だ。

　17世紀から19世紀にかけて、ロンドンでは市内各地に荷物を運ぶため「ポーター」つまり荷物運搬人がたくさん雇われていた。おそらくポーター用休憩台は、パブの前や、ピカデリーをはじめとする主要な大通りなど、ロンドン内外にふつうにあって、ポーターたちが寄りかかったり荷物を置いたりして一息つくのに利用していたのだろう。人の胸ぐらいの高さがあるので、休憩台を使えば移動を再開するとき荷物をわざわざ地面から持ち上げずに済んだ。繁盛していたポーター業だったが、19世紀後半、ペニー郵便制度が導入されたり、自前のポーターを雇うことの多い鉄道会社が進出してきたりすると、次第に衰退していった。ポーター用休憩台も、ポーター業とともにだんだんと消えていった。そして、たったひとつだけが残ったのである。

　歴史の証言者だったピカデリー通りのポーター用休憩台は、2014年ごろまでは確かにあったが、惜しいことに、いつの間にかなくなってしまった。なくなった経緯は不明だが、その後、地元のツアーガイドが先頭に立って熱心に運動した結果、2016年にレプリカがウェストミンスター・シティ・カウンシルによって設置された。オリジナルでないのは非常に残念だけれど、ロンドンの歴史を今に伝えるものとして再び設置した点は評価したい。

ロンドン塔の そばにある 秘密のトンネル

注目 タワー・サブウェーの入口
場所 ペティ・ウェールズ , EC3R 5BT

　ロンドン塔の入口近くに、レンガでできた円柱状の、うっかりすると公衆トイレと間違えそうな、不思議な建物がある。その正体を知るためのヒントが、建物の上部を囲むように書かれている。そこには「Tower Subway constructed AD 1868 London Hydraulic Power Company」つまり「タワー・サブウェー、紀元1868年建設、ロンドン水力会社」と記されているのだ。

　この場所は、タワー・サブウェーの北側入口だった。タワー・サブウェーとは、テムズ川をくぐる歩行者用地下道で、開通は1870年。同種の地下道としては、ワッピングとロザーハイズを結ぶテムズ・トンネルに次ぐ2本目のトンネ

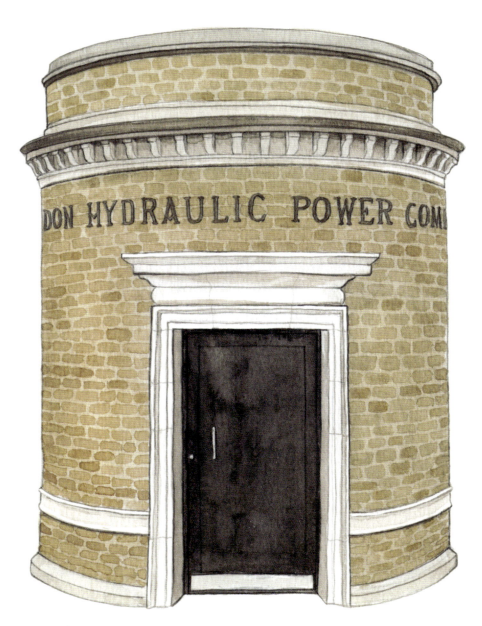

第 3 章　街頭設備あれこれ

ルだ。当初はケーブルカーで人を行き来させるトンネルだったけれど、1年後にケーブルカーは廃止されて歩行者用トンネルになった。しかし、タワー・ブリッジが開通して存在理由が減ると、1897年に閉鎖された。

その後この地下道は、ロンドン水力会社が送水管の保管庫として買い取った。今もケーブルと送水管が保管されていて、現在の入口は1920年代に建て替えられたものである。

ここにお上がりください

注目　ウェリントン公爵の乗馬用踏み台
場所　アシニーアム・クラブ（ペル・メル）, SW1Y 5ER

1827年から1830年にかけてセント・ジェームズ地区に建てられたアシニーアム・クラブは、美しいクリーム色をした新古典主義様式の建物だ。設計したのは摂政時代の著名な建築家デシマス・バートンで、外壁を飾る装飾フリーズと彫刻は、これぞまさしく眼福と言っていい。

それはさておき、視線を歩道に移してほしい。細長い花崗岩のブロックにそれよりちょっと短いブロックを重ねたものがあるはずだ。これは、馬に乗ったり下りたりするときに使う踏み台である。ここに設置されたのは、同クラブのメンバーで「鉄の公爵」の異名を持ったウェリントン公爵（1769 〜 1852）その人の依頼によるものだった。公爵は1828年から1830年までと1834年の2回、首相を務めていて、60歳代になってからは馬に乗ってクラブに通っていたが、クラブの前では優雅にやすやすと馬に乗ったり下りたりしたいと思ったのである。

163

ロンドン・ストーンの謎

注目 ロンドン・ストーン
場所 キャノン・ストリート111番地, EC4N 5AR

ロンドンの街頭にあって、いちばん謎に満ちたものと言えば、やっぱりロンドン・ストーンだろう。

まず、「ロンドン・ストーン」が何なのかを説明しよう。それは石灰岩の一種「魚卵岩」のかたまりで、設置時期は分かっておらず、一説には古代ローマ時代だとも言われている。以前はキャンドルウィック・ストリート（現キャノン・ストリート）の端、セント・スウィジン教会の向かいにあった。その場所にあったという記録でいちばん古いのは12世紀のもので、この教会は、1557年には「セント・スウィジン・アト・ロンドン・ストーン教会」の名で知られていた。

何百年、場合によっては2000年にもわたってロンドンの重要なランドマークだったけれど、そもそも何のための石だったのかについては、さまざまな説がある。

有力な説のひとつは、これは古代ローマのマイル標石で、距離を測る起点として使われていたというものだ（この章で取り上げたのも、これが理由だ！）。興味深いことに、この石はアルフレッド大王が886年以降に引き直した新たな街路配置の中心に位置していて、そのためサクソン人にとっては何らかの大切な意味を持っていたのではないかと考えられる。

1450年、ケント州で国王ヘンリー6世に対して反乱を起こしたジャック・ケードは、ロンドンに攻め込むと手に持つ剣でロンドン・ストーンを切りつけ、我こそは「この街の支配者」だと宣言した。このことはシェークスピアの『ヘンリー6世　第2部』に出てくるけれど、ロンドン・ストーンを切りつけるという行為は、分かっている限りこれ以外に記録は残っていないので、仮に大切な意味を持っていたとしても、その意味はもう分からなくなっている。

ロンドン・ストーンについて何度も耳

第 3 章　街頭設備あれこれ

にする都市伝説のひとつに、「この石を壊したらロンドンは滅びる」というものがある。最近まではキャノン・ストリート111番地で鉄格子に守られていたが、今では新しくて見た目もよい保護ケースに入れられている。なので、ぜひ直接足を運んでこの石を見てほしいけれど、その際は、くれぐれもロンドン・ストーンを壊さないように！

そっくりな墓

注目　ジョン・ソーンの墓
場所　セント・パンクラス・ガーデンズ，NW1 1UL

セント・パンクラス・ガーデンズには、昔ながらの赤い電話ボックスにそっくりの形をした墓がある。というより、この墓の形をした赤い電話ボックスがロンドン中にあると言った方がいいのかもしれない。

ジョン・ソーンは、新古典主義の建築家で、イングランド銀行の設計者としてとてもよく知られているし、リンカンズ・イン・フィールズの向かいにあるビックリするほどぜいたくな自宅（現ジョン・ソーン博物館）を設計したことでも有名だ。

1815年に妻が亡くなると墓を設計し、その墓に自分も1837年に死ぬと埋葬された。墓は直方体で、円弧のカーブに載ったドーム状の屋根があり、その形

165

は、建築家ジャイルズ・ギルバート・スコットが1920年代にロンドンのシンボルである赤いK2型電話ボックスをデザインするときのヒントのひとつになったと言われている（下記参照）。ちなみに、スコットは一時期ジョン・ソーン博物館の理事を務めていた。

さいK6型が、スコットによって設計された。こちらは、窓がK2よりも大きくて横長で、王冠部に換気口はない。

ちなみに、王立芸術院が入っているピカデリー通りのバーミントン・ハウスには、アーチ型入口の陰に、木で作ったK2型電話ボックスのオリジナル原型が置いてある。

シンボル誕生

注目　赤いK2型電話ボックスのオリジナル原型
場所　バーリントン・ハウス，W1J 0BD

イギリスを象徴する、いちばんのシンボルと言えば、もちろん赤い電話ボックスだろう。

よく見てみると、ロンドンには昔ながらの赤い電話ボックスが2種類あって、それぞれK2型とK6型と呼ばれている。K2は、ジャイルズ・ギルバート・スコットが設計したもので、郵政省が後援するコンペで選ばれたあと、1926年に導入された。K2は、K6よりも一回り大きく、同じサイズをした長方形の小さな窓が並んでいる。また、いちばん上にある王冠のマークには換気口が隠されている。

1935年、K2より軽くて小

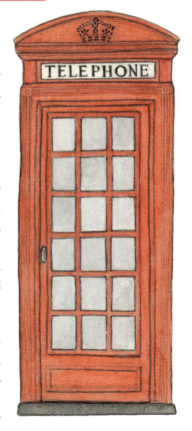

第 3 章　街頭設備あれこれ

2015年の世論調査で、赤い電話ボックスはイギリス史に残る優れたデザインの第1位に選ばれた。ちなみに第2位は2階建てバス「ルートマスター」で、第3位はイギリス国旗「ユニオン・ジャック」だった。

あ、ターディスだ！

注目　警察直通の青い非常電話ボックス
場所　セント・マーティンズ・ル・グランド, EC1A 4AS; ピカデリー・サーカス, W1B 5DQ; アールズ・コート・ロード 232 番地, SW5 9RD

　携帯電話が当たり前になったり、無線の使用が広まったりする以前、一般市民やパトロール中の警察官には、すぐに犯罪を通報したり応援を要請したりする方法が必要だった。これに応えるため1920年代後半から1960年代までロンドンのいたるところに設置されていたのが、警察への直通電話が入った青い非常電話ボックスだ。屋根には信号灯がついていて、近くにいる警察官に事件発生を知らせる仕組みになっていた。
　非常電話ボックスは、1960年代以降、携帯無線が導入されたことで次第に数を減らしていき、今ではほとんど残っていない。

167

1929年、サイズの大きな青い警察直通非常電話ボックスが導入された。このボックス、むしろ今では人気テレビドラマ『ドクター・フー』に出てくるタイムマシン「ターディス」の外観のモチーフになったことで有名だ。地下鉄アールズ・コート駅の前には、1996年に作られた現代版の非常電話ボックスがある。

そのフック、なくさないで！

注目　ロンドン警視庁のフック
場所　グレート・ニューポート・ストリート4番地, WC2H 7JB

　レスター・スクエア近くの交通量が多い交差点に、小さくて見逃しやすい都会の珍品がある。それは金属製の小さなフックで、その上には「Metropolitan Police」（ロンドン警視庁）と書かれたプレートがある。このフックについては、こんな話がある。1930年代から1940年代、このにぎやかな交差点には交通整理のため警察官が配置されていた。暑い日になると警官たちは重い上着を脱いでいたが、その上着を置いておく場所がない。そのころたまたまグレート・ニューポート・ストリート4番地では建物が建設中で、外壁から釘が1本突き出ていたので、警官たちはこれ幸いと、この釘に上着を掛けていた。

　建物が完成すると、例の釘は取り除かれて、警官たちが重宝していたフックはなくなってしまった！　そこで、どうやら警察は建物の所有者に新たなフックを取りつけてほしいとお願いし、所有者は快く同意してくれたらしい。

　この話がほんとうかどうか、証明してくれる歴史的証拠は残念ながらほとんどないけれど、由来の説明としては、いかにもありそうな話だと思う。

ロンドンでいちばん小さな警察署

注目 トラファルガー・スクエアにある警察の監視所
場所 トラファルガー・スクエア，WC2N 5DP

　トラファルガー・スクエアの南東隅に、しばしば「ロンドンでいちばん小さな警察署」と呼ばれる建物がある。
　これは1920年代に、当時は何かと騒がしかったトラファルガー・スクエアを監視するため建てられたものだ。ロンドン警視庁への直通電話があり、屋根には近くにいる警官に緊急事態を知らせる信号灯があった。厳密には「警察署」ではなく、むしろ「監視所」と呼ぶべきだけど、それでも毎日多くの人が気づくことなく通り過ぎている、ちょっと珍しい歴史遺産であることに変わりはない。
　現在は、保守点検と保管用の施設として使われている。

来たれ、ドラゴン

注目 シティ地区にあるドラゴン像
場所 テンプル・バー記念碑，EC4A 2LT；ヴィクトリア・エンバンクメント，WC2R 2PN

　シティ地区に入るとき大きな道路を進んでいたなら、きっとドラゴン像の横を通っているはずだ。ドラゴン像は、シティ地区が管轄する区域の境界を示すもので、全部で13体ある。
　このドラゴンは、17世紀以降シティ地区の紋章に描かれていて、紋章では盾を支える姿勢を取っている。1878年、フリート・ストリートにあった門「テンプル・バー」が混雑解消のため撤去されると、跡地にテンプル・バー記念碑が1880年に建てられ、そのてっぺんには彫刻家チャールズ・ベル・バーチが手がけた大きくて恐ろしげなドラゴンのブロンズ像が設置された。このおかげで、シティ地区がどの地点からウェストミンスター地区になるのかが、はっきりと分かる。
　1849年に建てられた石炭取引所が1962年に取り壊されたとき、2体のドラゴン像が救い出され、ヴィクトリア・エンバンクメントに設置された。テンプル・バー記念碑のものより小さいけれど、この2体を原型にして何体ものドラゴン像が作られ、ロンドン橋南詰めや、オールドゲート・ハイ・ストリート、ハイ・ホルボーン通りなど、シティ地区の

あちこちに置かれている。どれも全身が銀色で、舌や翼など一部が赤く塗られている。

第 3 章　街頭設備あれこれ

看板あれこれ
古ぼけた広告、ユニークなプレート、おもしろい警告看板

ロンドンで
いちばん古い
ブルー・プラーク

注目　ブルー・プラーク
場所　キング・ストリート１番地,
　　　　SW1Y 6QG

　ロンドンでそれなりの時間、街歩きをしていると、外壁に青いプレートを掲げた建物を必ず見かける。このプレートは「ブルー・プラーク」といって、昔その建物に歴史上の人物が住んでいたり、そこで働いていたりしたことなどを示している。

　ブルー・プラーク設置事業は、まず1863年に国会で提案され、1866年に王立技芸協会によって始められた、同種のものとしては世界でいちばん古い事業だ。王立技芸協会は、この事業を35年間実施して、そのあいだに35個のブルー・プラークを設置し、現在はその半分が残っている。現存するいちばん古いブルー・プラークは1867年にウェストミンスター地区のキング・ストリート１番地に設置されたもので、この建物にナポレオン３世が1848年に住んでいたと記されている。ナポレオン３世は、ナポレオン・ボナパルト（ナポレオン１世）の甥で、ワーテルローの戦いのあと亡命してイギリスに来ていたのである。

　最初のころのブルー・プラークは、タイル製造会社「ミントン・ホリンズ」の工場で作られていて、当初は色もいろいろあって、実を言うといちばん多かったのはブラウンだった。

　1901年に当時のロンドン行政府であるロンドン・カウンティ・カウンシルが事業を引き継ぐと、新たなデザインが実験的に採り入れられ、第２次世界大戦前には外周を月桂冠の模様で囲んだデザインがいちばんたくさん作られた。1921年からは陶製の青いプラークがスタンダードになり、1938年には、私たちがいちばんよく目にする現在のスッキリしたデザインのブルー・プラークが生まれた。

1986年からは財団「イングリッシュ・ヘリテッジ」が事業を引き継いでいて、歴史を伝えるブルー・プラークは、今ではロンドンに900個以上ある。また、一部のロンドン自治区など別の団体も独自にプラーク事業を実施している。

ロンドンでいちばんユニークなブルー・プラーク？

注目　あまり知られていない人物のブルー・プラーク
場所　パントン・ストリート36番地, SW1Y 4EA; ブルース・グローヴ7番地, N17 6RA; ソーンヒル・スクエア60番地, N1 1BE

　ロンドンには、ユニークで意外な人物の「ブルー」プラークがたくさんある。ここでは、私のお気に入りベスト3を紹介しよう。

トム・クリブ

「ベアナックル・ボクシングのチャンピオン」。このプラークは、レスター・スクエアから少し離れたパントン・ストリートのパブ「トム・クリブ」にある。ベアナックル・ボクシングとは素手で殴り合う格闘技で、トム・クリブは1809年から1822年までベアナックル・ボクシングのイギリス・チャンピオンであり、1820年代から1830年代には、ここでパブの主人をしていた。

ルーク・ハワード

「雲の命名者」。このプラークはブルース・グローヴ通りにある。ハワードは、自身も創設メンバーである科学同好会「アスキージアン・ソサエティ」で1803年に論文を発表し、その中で高さや形といった特徴を基にした雲の命名法を提案した。彼が提唱した「積雲」「巻雲」「乱雲」といった呼び名は今も使われている。

イーディス・ガラッド

「柔術ができる女性参政権論者」。イーディスは、女性参政権運動の中心人物のひとりで、第1次世界大戦が迫っていた時期に柔術の指導者となる訓練を受けた。その後に女性参政権運動の中核グループに柔術を指導し、指導を受けた女性たちは自衛団「ザ・ボディーガード」を結成して、激しさを増す抗議活動やデモ行進で同志たちを守った。ちなみに、彼女のプラークは緑色をした「イズリントン・ピープルズ・プラーク」で、ソーンヒル・スクエア60番地にある。

第 3 章　街頭設備あれこれ

警告看板

注目　「迷惑行為すべからず」の看板
場所　ドイス・ストリート, SE1 0EU

　ロンドンをぶらぶらしているときに迷惑行為をしたくなっても、「Commit No Nuisance」と書かれた看板の前ではやめた方がいい。これは「迷惑行為すべからず」という警告看板だからだ。

　こうした看板は、ヴィクトリア時代後半からエドワード7世時代にかけてあちこちに設置されたが、ここで「やるな」と言っているのは迷惑行為全般ではなく、ある特定の迷惑行為——そう、立ち小便のことである。1892年のロンドン・カウンティ・カウンシル包括権限法には、「迷惑行為の実施——いかなる者も、橋の上で、または壁に対して、いかなる迷惑行為も犯してはならない」とある。「壁に対して」の1節から、それが何を意味しているのかは明白だ。

謝罪風景

注目　ロンドン大学の謝罪プレート
場所　ソーンホー・ストリート（ラッセル・スクエア）, WC1H 0XG

　ラッセル・スクエアの西角からソーンホー・ストリートを挟んだ向かい側に、石でできたグレーのプレートがあり、そこにはこう記されている。「ロンドン大学は、この建物の設計をめぐり、弊学がラッセル家ならびに同家管財人と当然行なうべき協議を行なわず、そのため建物のデザインに関して同家および管財人の承認を得ずに設計を決定したことについて、心より謝罪することを、ここに記す」。

　1950年代、ロンドン大学はブルネイ・ギャラリー建設のため、ラッセル・スクエアの北西側に面する土地をラッセル家つまりベッドフォード公爵家から購入した。

173

ブルネイ・ギャラリーは1997年に完成したが、もともとの合意で建物の設計についてはラッセル家の承認が必要だったのに、その承認を得ていなかった。そのため、この平身低頭といった感じのプレートが謝罪の気持ちを込めて設置されたのである。ただし、それがラッセル家の意向によるものなのか、それとも大学側が自主的にやったことなのかは不明だ。

> ラッセル家は、
> 私人としては
> ブルームズベリー地区で
> いちばんの大地主で、
> 200以上の不動産を持っていて、
> いちばん古い所有地は
> 1669年にまでさかのぼる。

ゴースト・サイン

注目 昔あった店や商品の看板
場所 ブラッシュフィールド・ストリート42番地, E1 6AG

　色あせて判読不能なものもあれば、保存状態がよかったり修復済みだったりするものもある。現代では役割を終えたけれども、過去をのぞかせてくれるすばらしい窓。それがロンドンにあるゴースト・サインだ。

　ゴースト・サインとは、昔あった店や商品の宣伝などが書かれた古い看板のことだ。中でもスピタルフィールズ地区は、昔の店のゴースト・サインがずらりと並んでいる。これは何より、この地区に住む人たちが熱心に取り組んできたおかげで、実はゴースト・サインの修復を数多く手がけているデザイナーのジム・ハウエットも、この地区の住人として活動に参加している。

　ブラッシュフィールド・ストリート42番地には昔の店のゴースト・サインがあり、そこには「A. Gold. French Milliner」（A・ゴールド。フランス帽子店）と書かれている。

　1881年から1914年まで、250万人以上のユダヤ人が宗教的迫害を逃れて故郷の東ヨーロッパを離れた。その多くはアメリカへ渡ったけれど、ロンドンに来たユダヤ人も多かった。1880年から1970年まで、スピタルフィールズ地区は数多くのユダヤ人が住んでいて、実際

第 3 章　街頭設備あれこれ

ヨーロッパで最大規模のユダヤ人コミュニティーを形成していた。

そうしたユダヤ人移民の中に、アニー・ゴールドと夫のジェーコブがいた。アニーは1889年にここブラッシュフィールド・ストリート42番地でフランス帽子店を開き、店の上階で夫ジェーコブといっしょに1892年まで暮らしていた。

ぶら下がっています

注目　吊り看板
場所　ロンバード・ストリート, EC3V 9LJ

住所の番地表記は1700年代初頭から少しずつロンドンに採り入れられていたけれど、広く普及する以前、商売をしている店は、競い合うように他店よりも大きくて目立つ吊り看板を店の前に道路へ突き出すように設置して、店の場所を示す目印としたり、通行人たちの注意を引こうとしたりしていた。

　吊り看板がちょっとした危険物になることもあった。それについては、こんな話がある。スピタルフィールズ地区にはフライング・パン・アレー（Frying Pan Alley）という名の通りがあるが、この名前は昔この通りにあった金物屋が関係している。その金物屋は、鋳鉄製の巨大なフライパン（英語ではfrying pan）を看板代わりに店の前に吊るしていた。ところがある日、このフライパンが落ちて、それに当たった通行人が死んでしまった。それ以来、この件を知った買い物客たちは、通りを行くときは店の反対側を歩き、「フライング・パン・アレー」が通りの名前として定着した。
　1700年代後半に吊り看板を店の外に出すのは禁止されたけれど、シティ地区のロンバード・ストリートを歩くと、タイムスリップしたような気分になる。1902年、国王エドワード7世の即位を記念して吊り看板のレプリカ32個が通りに再び設置され、そのうち4つが今も残っているのだ。
　4つのうち、「猫とバイオリン」の看板は中世の時代ここにあった古着屋のものだし、「バッタ」の看板は、チューダー朝の財政家で、近くにある王立取引所を1571年に創設したトマス・グレシャムの個人紋章だ。

勇気を出せ

注目 カレッジ・ブルワリーのゴースト・サイン

場所 レッドクロス・ウェー2番地, SE1 9HR

　会社帰りの疲れ切ったサラリーマンが、ロンドン・ブリッジ駅を出て西に向かう列車の窓から、もの悲しそうに外を見れば、「Take Courage」（勇気を出せ）と励ます看板が目に入ってくるはずだ。

　「Take Courage」の看板は、1955年以降にビール会社「カレッジ・ブルワリー」（Courage Brewery）が描かせたもので、ロンドンを代表するゴースト・サインのひとつだ。

　カレッジ・ブルワリーは、1787年バーモンジー地区で創業し、1955年にバークリー・パーキンズ社と合併した。ゴースト・サインのある建物は、以前はアンカー・ブルワリーというビール会社のもので、同社は19世紀初頭、生産量ではロンドンだけでなく全世界でもいちばん大きなビール会社だった。

バークレイズ銀行のロゴにある青いワシと、ロイズ銀行のロゴにある黒い馬は、どちらもロンバード・ストリートで店舗の前に下げていた吊り看板に由来している。どちらの看板も、もともとはその場所に以前あった店と関係するものだった。

街歩きルート　3

地下鉄ロンドン・ブリッジ駅からバラ駅まで（3.65km）

　テムズ川南岸を、ロンドンでもとりわけユニークな街頭設備を探しながら歩こう。

1　サザーク大聖堂（18ページ「ゴシックで行こう」参照）
2　ウィンチェスター・パレス跡（17ページ「中世の邸宅跡」参照）
3　バンクサイド地区にある大砲のボラード（131ページ「ボラードは戦う」参照）
4　渡し守の椅子（160ページ「バンクサイドの珍品」参照）
5　ベア・ガーデンズ（74ページ「くまなく探せば」参照）
6　カレッジ・ブルワリーのゴースト・サイン（177ページ「勇気を出せ」参照）
7　パブ「ザ・ウィートシーフ」（52ページ「線路でバッサリ」参照）
8　ザ・ジョージ・イン（29ページ「ロンドン最後の回廊つき馬車宿」参照）
9　パブ「ザ・キングズ・アームズ」（21ページ「ロンドン橋落ちる」参照）
10　ヴィクトリア時代の臭気パイプ（148ページ「くさいにおいの元」参照）
11　「迷惑行為すべからず」の看板（173ページ「警告看板」参照）
12　パブ「ロード・クライド」（47ページ「大酒飲みの殿堂」参照）
13　タバード・ガーデン団地にあるストレッチャーを再利用したフェンス（151ページ「資源は大切に」参照）
14　アルフレッド大王像（119ページ「ロンドンでいちばん古い像はどこに？」参照）

第 3 章　街頭設備あれこれ

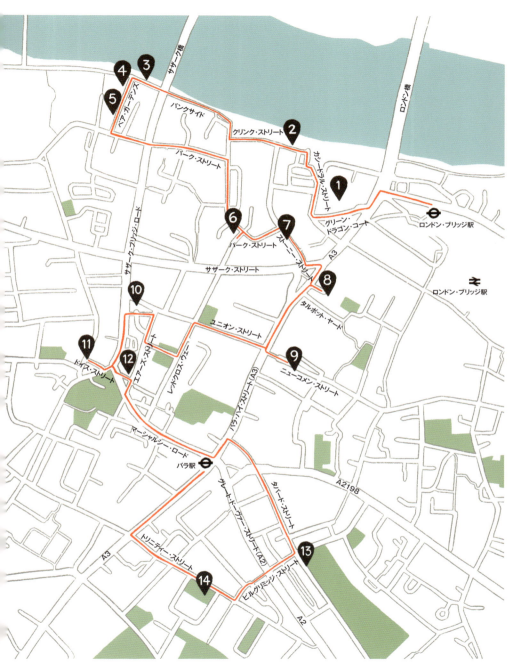

179

第4章
自然に帰って

ロンドンには街路や超高層ビルや現代の最新設備といった都市的風景が広がっているけれど、その下には、岩や丘や川といったロンドンの自然地形が横たわっている。こうした自然地形は、今では見えなくなっているものが多いが、目のつけどころさえ分かっていれば探し出すことはできる。この章では、そんな目のつけどころを説明するほか、広大なロイヤル・パークから、ひっそりとした小さなポケット・パークまで、ロンドンに無数にある緑地も紹介していこう。

ロンドンの河川
失われた川を求めて

昔ロンドンを流れていた川の痕跡と、
テムズ川沿いにある秘密のスポット

ロンドン
秘密のビーチ

注目 ロンドンの干潟
場所 パブ「プロスペクト・オヴ・ホイットビー」, E1W 3SH

ロンドンについて確実なことがひとつあるとするならば、それは、テムズ川は日に2回、潮の満ち干の影響で水位が上下するということだ。

多くの人は日々の仕事に忙しくて見過ごしているけれど、干潮時に水位が下がってできた干潟に目をやると、そこにはまったく別世界が広がっている。まず目に入ってくるのは、カモメ、サギ、鵜といった鳥たちが何羽も集まって大騒ぎしている様子だろう。それに、もしかすると、防水服を着た人たちが視線を地面に集中させながら、ゆっくりと歩いている様子を見かけるかもしれない。彼らは「泥ひばり」と呼ばれる人たちだ。もともと泥ひばりとは、18世紀と19世紀にテムズ川の干潟でロープの切れ端や石炭など、とにかくお金になりそうなものを見つけて日々の暮らしをしのいでいた最貧困層の人たちのことだった。現代の泥ひばりは、歴史的なお宝が満ち潮で流されてきて干潟に残っていないかを探すマニアたちだ。

現在、泥ひばりを行なうには許可が必要で、干潟の一部は立入禁止になっている。ただし、一般の人が立ち入れる区域もある。ワッピング地区にあるパブ「プロスペクト・オヴ・ホイットビー」の裏にある「秘密のビーチ」もそのひとつだ。ビックリするといけないので言っておくと、ここには絞首台のレプリカがある。これは、昔この場所の近くにあって海賊たちが絞首刑にされていた「海賊処刑場」をリスペクトしたものである。

第 4 章　自然に帰って

タワー・ブリッジの
ベスト・ビューポイントを
探しているなら、
シャド・テムズ通りから
横道に入って階段
ホースリーダウン・ステアズを
下りるといい。
そこにはちょっとした
干潟があって、
タワー・ブリッジが
目の前に見える。

「ライオンが水を飲めばロンドンは沈む」

注目　検潮所と、ライオンの頭部の形をした係船リング
場所　ヴィクトリア・エンバンクメント , SW1A 2JH; アルバート・エンバンクメント , SE1 7SP

ウェストミンスター橋の西詰めに、青緑色をした古い電話ボックスみたいな奇妙な建物がある。外側にはこれが何の建物なのかを示すヒントはあまりないけれど、踏み台か何かを持ってきて中をのぞいてみると、数字が表示されたコンピューター・ディスプレイが見える。実は、この電話ボックスみたいな建物は検潮所といって、海面の高さを測る施設なのである。

ロンドンは、特に海面が上がる満潮時には洪水になる危険があり、そのため昔から対策が取られてきた。1984年に完成した防潮水門「テムズ・バリア」は、その最たるものだろう。テムズ川の堤防には、船を係留するときロープを結ぶ係船リングが1868年に設置されていて、ずらりと並ぶ係船リングは、どれもライオンの頭部がリングをくわえたデザインをしている。ロンドンをめぐる古い言葉のひとつに、「ライオンが水を飲めばロンドンは沈む。たてがみまで水につかれば俺たちは流される」というものがあった。水面がライオンの頭の高さまで来ればロンドンは洪水になるという意味だ。ただ、この言葉は現在ではもう当てはまらない。水面が高くなってきたため、テムズ・バリアが完成する数年前に堤防が30cmかさ上げされたからだ。

痕跡は消えない

注目 ロンドンの丘と廃河川
場所 ファリンドン・ロード, EC1M 3LL; ラドゲート・ヒル, EC4M 7AA; コーンヒル, EC3V 3ND; ボンド・ストリート駅, W1R 1FE

　現在、成長を続ける大都市ロンドンがある一帯は、昔は大小さまざまな河川が縦横に走ってテムズ川に注ぐ場所だった。そうした河川は、ロンドンが発展するにつれて、ほとんどすべてが地下の排水管網に組み込まれて地上から姿を消し、多くは地下の下水道となって今も流れ続けている。

　こうした昔の川つまり廃河川の痕跡は、ロンドンで街歩きをすると、通りの名前や道路の形状、土地の起伏といった形で、あちこちで目にすることができる。

　例えば、ファリンドン・ロードをブラックフライアーズ橋に向かって歩いているとき、左右を見ると両側がゆるい上り坂になっていることに気づく。これは、いま歩いている道がフリート川の旧河道だからだ。また、セント・ポール大聖堂に近いラドゲート・ヒル地区からキャノン・ストリートを通ってコーンヒル地区へ向かって歩くと、ウォールブルック川の旧河道を横切ったことになる。ラドゲート・ヒルとコーンヒルは、今では廃河川となった旧ウォールブルック川で分けられたふたつの丘なのだ。それから、オックスフォード・ストリートを歩いて地下鉄ボンド・ストリート駅のそばまで来ると、道路が下り坂になっているのに気づく。これは、旧タイバーン川の川筋を示している。

曲がりくねった道

注目 マリルボン・レーン
場所 マリルボン・レーン, W1U 2NE

　マリルボン地区を歩いていると、街路パターンが全体としてとても整然としていることに気づく。このあたりはロンドンが西へ拡張した18世紀に整備された地区で、それもあって、まっすぐな道が格子状に交わっているのだ。ところが、この整然とした中を1本だけくねくねと曲がって進む道がある。マリルボン・レーンだ。この道だけが曲がりくねっているのは、これがほかの道路より古く、今は地下を流れる暗渠となったタイバーン川の川筋を通っているからだ。

「マリルボン」（Marylebone）という名前は、「ボーン」（bourne）に面する聖母マリア（Mary）教会を指していると考えられている。ちなみに「bourne」は古い英語で「川」を意味している。同じ例はほかの地名にもあって、例えば「ホルボーン」（Holborn）は「谷間（hollow）を流れる川」という意味で、かつてこの一帯を流れていて今は暗渠になっているフリート川

を指している。また、「キルバーン」(Kilburn) は古い英語で「王の川」を意味する「Cye-bourne」が語源で、これはウェストボーン川を指している。

耳を澄ませば

注目 フリート川の姿を見たり音を聞いたりできる場所

場所 レイ・ストリート 26 番地〜28 番地 , EC1R 3DJ; グレヴィル・ストリート , EC1N 8SS

　フリート川は、緑地公園ハムステッド・ヒースに源を発し、ブラックフライアーズ橋まで流れて、そこでテムズ川に注いでいる暗渠、つまり地下を流れる川なのだけれど、実は何か所か、フリート川の音を聞いたり、その姿を見たりできる場所がある。

　レイ・ストリートにあるパブ「コーチ」の前には、暗渠をふさぐグレーチングがあって、その隙間からフリート川の流れる音を聞くことができるし、ときには流れる水を見ることもできる。雨が降ったあとだと、なおさらよく分かる。同じようなグレーチングは、グレヴィル・ストリートとサフロン・ヒル通りが交わる交差点にもある。

地下を通っているはずが

注目 地下鉄スローン・スクエア駅を流れるウェストボーン川

場所 地下鉄スローン・スクエア駅, SW1W 8BB; インゲストリ・ロード, NW5 1UF

テムズ川の支流は、暗渠となって雨水排水管網に組み込まれているけれど、場所によっては、線路や地下鉄駅を作るために地面が掘り下げられたおかげで、川が流れるパイプを実際に見ることができる地点もある。例えば地下鉄スローン・スクエア駅で上を見上げると、緑色の巨大なパイプが吊り下げられているのが分かる。これは、ウェストボーン川が流れているパイプだ。

また、ケンティッシュ・タウン地区にあるインゲストリ・ロードへ行って、そこにある歩行者用跨線橋を渡る途中で横を見ると、黒くて太いパイプが線路をまたいでいるのが見える。このパイプには、フリート川の支流が流れている。

第 4 章　自然に帰って

ロンドンの消えた島

注目　ソーニー島
場所　ランベス橋, SW1P 3JR

　今は暗渠になっているタイバーン川は、昔は下流で何本もの支流に分かれて、ちょっとした三角州を形成し、現在のピムリコ地区とウェストミンスター地区でテムズ川に注いでいた。この支流のうちの2本の作用で、周りを囲む低湿地よりも少し高い陸地ができた。それがソーニー島である。そして、この島にエドワード証聖王が1042年の即位後に建てたのが、ウェストミンスター宮殿とウェストミンスター寺院だった。

　引き潮のときランベス橋の北側からテムズ川のウェストミンスター岸に目を向けると、干潟に雨水放水口があるのが見える。大雨が降ったあと、タイバーン川の支流の1本が今もここからテムズ川に注いでいるのだ。

井戸めぐり

注目 昔の井戸の痕跡
場所 ファリンドン・レーン 14 番地〜16 番地, EC1R 3AU; キングス・クロス・ロード 61 番地〜63 番地, WC1X 9LN; ウェル・ウォーク, NW3 1LH

今では地上から姿を消したロンドンの河川やテムズ川の支流は、昔はロンドンに住む人たちが日常生活を送るうえで重要な役割を担っていた。それを示す証拠のひとつが、川の近くで湧き水をくみ上げていた井戸の痕跡だ。

ファリンドン・レーン14番地〜16番地は、旧フリート川の川筋のそばに位置し、ここに建っている建物の窓をのぞき込むと、「教会書記たちの井戸」（Clerks' Well）という名の井戸が見える。これは、昔ここにあった修道院の水源となった井戸で、「クラーケンウェル」（Clerkenwell）という地区名も、この井戸に由来している。また、キングス・クロス・ロードには不思議なプレートがあり、そこには「This is Bagnigge House. Neare the Pindera Wakefeilde, 1680」（ここはバグニッジ・ハウス。ピンダー・オヴ・ウェークフィールドの近く。1680年）と記されている。「バグニッジ・ハウス」は、遅くとも1680年にはこの近くにあったと考えられていて、18世紀にここで湧き水が見つかってからは人気の温泉施設になった。「ピンダー・オヴ・ウェークフィールド」は、バグニッジ・ハウスの近所にあったパブだと考えられている。

ハムステッド地区は多くの廃河川の源流がある地域で、ここを通る道路ウェル・ウォーク沿いには「カリビアット・ウェル」という井戸がある。「カリビアット」（Chalybeate）とは「鉄分が多い」という意味だ。この井戸から湧き出る鉱水のおかげでハムステッド村は、すでに1700年には裕福な人たちの保養地としてにぎわっていた。

第 4 章　自然に帰って

> # 緑地
> 草木の茂るランドマークと、
> ひっそりとたたずむ都会のオアシス

リージェンツ・パークに隠された先史時代の秘密

注目　木の株の化石
場所　クイーン・メアリーズ・ガーデンズ, NW1 4NR

　ありふれた場所にあるせいでかえって気づきにくいけれど、リージェンツ・パークには、2本の道が合流する場所に先史時代からの思いがけないプレゼントがいくつも置いてある。それは木の株の化石で、2000万年前から1億年前のものだと考えられている。

　株の化石があるクイーン・メアリーズ・ガーデンズは1932年に整備された公園だが、それ以前この場所は、1840年代から王立植物協会に貸し出されていた。協会は、こ こで何種類もの標本を育てたり、園芸展示会を開いたり、博物館を建てて運営したりしていた。先史時代の木の化石を取得したのはこの時期のことで、どうやら協会が1932年にこの場所を明け渡したとき、そのまま残されたようだ。化石はドーセット州の下部パーベック層という地層にあったもので、針葉樹の株と考えられている。

ロンドンは森

注目 ロンドン・プラタナス
場所 バークリー・スクエア, W1J 6EA; ヴィクトリア・エンバンクメント, SW1A 2JH

「ロンドンは公式には森林である」と聞いたら、ビックリするだろうか？ 実はロンドンは、面積の5分の1が木に覆われているので、国連の基準に照らすと都市森林なのだ。

ロンドンの街路でいちばんよく見かける木は、ロンドン・プラタナス（和名モミジバスズカケノキ）だ。アメリカスズカケノキとスズカケノキ（どちらもプラタナスの一種）の交配種と考えられていて、ロンドンに最初に植えられたのは17世紀のことである。その後ロンドン・プラタナスは、18世紀以降、市内にどんどん植えられ、とりわけヴィクトリア時代には、大気汚染に強いことからスモッグに悩むロンドンでたいへん広まった。定期的に樹皮を落とすし、コンクリートやアスファルトで舗装された地面の下に根が閉じ込められても平気なので、都市に植えるにはもってこいだ。

ロンドンでいちばん古いプラタナスの木は1789年に植えられたもので、そのうちの何本かはメイフェア地区のバークリー・スクエアにある。またテムズ河畔の各エンバンクメントも、立派に育ったロンドン・プラタナスを愛でるのに絶好の場所だ。

王室のオーク

注目 エリザベス女王のオーク
場所 グリニッジ・パーク, SE10 9NN

　グリニッジ・パークには、歴史と伝説に彩られた巨大なオークの倒木がある。「エリザベス女王のオーク」と呼ばれている木で、植えられたのは、はるか昔の12世紀と考えられている。参考までに、12世紀とは獅子心王リチャード1世が十字軍の遠征に出かけ、トマス・ベケットが殺された時代である。

　言い伝えによると、国王ヘンリー8世はグリニッジ・パークで狩りをするのが大好きで、あるとき愛する王妃アン・ブーリンと、このオークの周りでダンスを踊ったという。ちなみに名前の由来だが、その昔このオークが何本もの大枝に葉を茂らせていたとき、その木陰で女王エリザベス1世がピクニックをしたという話から来ている。

　また、幹にはかつてうろがあって、一時はこのパークで問題を起こした者を閉じ込めておく留置所として使われていたこともあったそうだ。

　エリザベス女王のオークは、1800年代に命を終えたあともツタにすっぽり包まれていたため立ち続けていたけれど、1991年に暴風雨が来たとき、風にあおられてとうとう倒れてしまった。だから今残っているのは、残念ながら、かつての雄姿の痕跡だけだ。現在その隣には、エリザベス2世の夫君エディンバラ公が1992年に植えた別のオークの木が立っている。はたしてこの木は、一生のあいだにどんな出来事を目撃するのだろうか。

爆発橋

注目 マックルズフィールド橋
場所 アヴェニュー・ロード, NW8 7PU

　東にあるライムハウス地区からロンドン中心部をぐるっと迂回して西のパディントン地区までゆっくりと流れているのが、リージェンツ運河だ。1820年に開通した運河で、昔は物資、具体的には石炭を平底船でロンドンのあちこちへ運ぶ、産業の大動脈だった。

　今では緑と自然が帯状に連なっていて、風景を楽しみながら静かに散策するのにもってこいの場所となっている。散策ルート上には、この運河が産業を支えていたときの痕跡がたくさんあって、例えばキングス・クロス地区には昔の石炭事務所のゴースト・サインや、石炭積載施設が残っている（ちなみに石炭積載施設は、今ではオシャレなレストランやショップ、バーなどが入るショッピングセンターになっている）。実は、橋の欄干や橋脚についた溝もそうした痕跡のひとつだ。この溝は、運河に浮かぶ平底船を馬に引かせて移動させていたときの引き綱が、何年も橋にこすれているうちに

できたものだ。
　こうした溝がはっきり見えるのが、カムデン・ロック・マーケットの近くにある人道橋と、マックルズフィールド橋の橋脚だ。このマックルズフィールド橋は、通称を「爆発橋」という。1874年10月2日の午前3時、橋の近くに住む人たちは大きな揺れで目を覚ました。火薬を載せて運河を進んでいた船がマックルズフィールド橋の真下で爆発し、3人が死亡、橋は大破したのである。橋は再建されたものの、そのとき橋脚の向きを前後逆にしてしまい、そのため溝は、ほんとうだったら運河の方を向いているべきところを、今は歩道の方を向いている。

第 4 章　自然に帰って

戦争と平和

注目　空襲で焼け落ちた教会跡に作られたポケット・パーク
場所　セント・ダンスタンズ・ヒル，EC3R 5DD; クライストチャーチ・グレーフライアーズ・ガーデン，EC1A 7BA

シティ地区には第2次世界大戦中に空襲で焼け落ちた教会が多く、その中には、骨組みや外壁がそのまま残されて、内部に閑静なポケット・パーク（ミニ公園）が作られている場所がある。中でもとりわけ雰囲気がいいのが、セント・ダンスタン・イン・ザ・イースト・チャーチ・ガーデンだ。ここは、もともと1100年ごろに建てられた教会で、1666年のロンドン大火で大きな被害を受けたのち、クリストファー・レンによって修復された。教会は1941年の空襲で焼け落ちたものの、レンが建てた塔と尖塔は難を逃れた。

1970年、この場所は公園として開放された。以後、ここはシティ地区のステキなオアシスとなり、とりわけ秋と春には息をのむほど美しい。それに、大火と復興を繰り返してきたロンドンの激動の歴史に思いをはせるのにピッタリの場所でもある。当然ながらていねいに維持・管理されているけれど、ツタなどのつる植物が崩れかけた壁に絡んでいたり、窓のあった場所からはい出ていたりするので、自然が人工物である教会を少しずつ取り返そうとしているかのような、すばらしい印象を受ける

ここ以外にも、空襲で焼け落ちた教会跡に作られた見事なポケット・パークには、例えばセント・ポール大聖堂のそばにあるクライストチャーチ・グレーフライアーズ・ガーデンがある。

ハンカチは持った？

注目　ポストマンズ・パーク
場所　キング・エドワード・ストリート，EC1A 7BT

シティ地区には、知られていない緑地や美しいポケット・パークがあちこちにあって、せわしなく動き続ける大都会の中に隠れた静かなオアシスとなっている。

そんな中でもとりわけ興味深いのがポストマンズ・パークで、かつて隣に中央郵便局があったことから「郵便局員の

193

公園」と呼ばれている。作られたのは1880年で、3つの元教会墓地を統合して整備された。花壇や木々の多いステキな場所で、植えられている木のひとつに「ハンカチノキ」（学名Davidia involucrata）がある。珍しい木で、花を囲む大きくて白い葉は見た目がハンカチそっくりで、特に地面に落ちたものは本物と見間違えそうなほどだ。

また、この公園には「英雄的自己犠牲の記念銘板」があり、木製の小屋の中に、他人の命を救うため自分の命を犠牲にした人物を追悼する陶製のプレートが、ひとりにつきひとつずつ、壁一面に並べられている。発案者は画家・彫刻家のジョージ・ワッツで、まず1900年に4人分のプレートが公開され、現在は合計で54人分のプレートが掲げられている。

羽毛の生えた贈り物

注目　セント・ジェームズ・パークのペリカン

場所　セント・ジェームズ・パーク，SW1H 9AP

ロンドンは、たくさんの美しい公園に恵まれている。その大半は王室が所有するロイヤル・パーク（王立公園）で、グレーター・ロンドンの約2000haを占めている。

8つあるロイヤル・パークは、昔は王室しか利用することができず、主に狩猟場として使われていた。

例えばセント・ジェームズ・パークは、もともと湿地帯だったのを国王ヘンリー8世が干拓させて、王室の狩猟場に指定したものだ。その後17世紀にジェームズ1世が、ワニや象やラクダなど珍しい動物を集めた動物園を新たに加

ロンドンには
「バードケージ・ウォーク」
つまり「鳥籠通り」という名の
通りがある。
この名がついたのは、
昔ジェームズ1世が
ここに珍しい鳥を飼う鳥小屋を
置いていたからだ。

えた。チャールズ２世は、この場所を初めて一般に開放し、1664年にはロシア大使からこの公園用にと初めてペリカン数羽を贈られた。以来、ペリカンの群れは公園の名物になっているし、ペリカン以外にも、キンクロハジロ、エジプトガン、コクチョウといった水鳥たちがたくさん生息している。

公園への侵略者

注目 ワカケホンセイインコ
場所 ケンジントン・ガーデンズ, W2 3XA

　ロンドンにある公園を歩いていると、ギャーギャーという、だいぶ耳障りな声が頭上から聞こえてくることがある。声の主は、たいてい決まってワカケホンセイインコというインコだ。ロンドンの公園、とりわけケンジントン・ガーデンズには、西アフリカとインドから来たこの侵略的外来種が住みついている。

　最初に住みついたのはどこから逃げ出してきたインコなのか、正確なことは分かっていないけれど、いくつか説はあって、ジミ・ヘンドリックスが1960年代に２羽のインコを逃がしたとか、1987年の大暴風雨で鳥小屋が壊れたせいだとか、1951年にアイズルワース・スタジオで映画『アフリカの女王』のセットから繁殖用の数羽が逃げ出したとか、いろいろと言われている。もともとどこから

逃げ出してきたのかはともかく、ワカケホンセイインコはロンドンの公園で数を増やしている。

　もしもあなたが鳥を手や肩に乗せるのが好きなら、おいしそうな餌を持ってケンジントン・ガーデンズに行けば、ワカケホンセイインコがきっと乗ってくれるはずだ。

ロンドンでいちばん小さな自然保護区

注目 バーンズベリー・ウッド
場所 クレセント・ストリート, N1 1BW

　バーンズベリー地区のソーンヒル・クレセント通りに建ち並ぶヴィクトリア時代の立派なテラスハウスの裏には、あまり知られていない小さな林がある。バーンズベリー・ウッドという名の林で、面積は0.35ha。ロンドンでいちばん小さな自然保護区だ。

　もともとこの一帯はソーンヒル家が所有していて、1813年から1849年にかけて道路が引かれ、住宅が建てられた。

　バーンズベリー・ウッドは、昔はハンティンドン・ストリート７番地に住んでいたジョージ・ソーンヒルが所有する個人の庭だった。当時、７番地の建物はセント・アンドリュー教会の司祭館で、今

ある木の多くは、だいたいこの時期に植えられたようだ。庭は1900年代初頭に放棄され、1974年にイズリントン自治区が開発目的で購入した。けれども、土地が扱いづらい形をしていたため開発計画は運よく中止され、最終的に区当局は、クレセント・ストリートの1番地と2番地の建物を解体して、この庭に誰もが入れるようにした。現在はエコロジー公園として管理されていて、1996年には自然保護区に指定された。

ここで見つかる野生生物には、ヨーロッパヒキガエル、鳥のエナガ、ヨーロッパオオクワガタなどがいる。ロンドンでいちばん小さな自然保護区だけれど、イズリントン地区にある本物の林の中では面積がいちばん広い。

特定の日時にしか一般開放していないので、足を運ぶ際は事前にウェブサイトで必ずチェックすること。

ヴォクソールにある秘密のジャングル地区

注目 ボニントン・スクエア
場所 ヴォクソール, SW8 1TE

ヴォクソール地区の裏通りに囲まれた場所に、ボニントン・スクエアはある。実際に足を運んでみると、ボニントン・スクエアは、誰もが思い描くようなヴィクトリア時代のテラスハウスに囲まれた広場とはまったく違うことにすぐ気づく。秘密のガーデン・スペースがあったり、隅の方では葉が生い茂りすぎていたり、つる植物が家の正面をよじ登っていたり、熱帯の樹木とイギリスに自生する樹木の両方が歩道に植えられていたりする。

1970年代にグレーター・ロンドン・カウンシルは、ボニントン・スクエアに面する家屋の強制収用を実施した。家々を取り壊して新しい学校を建設するためだ。ところが、住民が引き払ってからブルドーザーがやってくるまでのあいだに、空き家に無断で人々が住みつき、1980年代初頭までに広場の大半を占拠した。彼ら無断居住者たちは組合を立ち上げ、カウンシルから家を借りたり、後には購入したりできるようにした。さらには、自然食品の店やベジタリアン向けのカフェを開いたり、コミュニティ・ガーデンを作ったりしたほか、「パラダイス・プロジェクト」という活動も開始した。このプロジェクトは、都心部での暮らしと自然を調和させ、空いているスペースをひとつ残らず草木や緑で埋めることを目指している。

第 4 章　自然に帰って

シティ地区の
ミニぶどう園

注目　クリアリー・ガーデン
場所　クイーン・ヴィクトリア・ストリート, EC4V 2AR

　シティ地区にあるポケット・パークのひとつに、敷地が段々になっている心地よい憩いの場クリアリー・ガーデンがある。もともとここには家が何軒かあったのだけれど、ロンドン大空襲で被災したあとは、そのまま放置されていた。1949年、シティ地区への通勤者でガーデニングを趣味にしていたジョーゼフ・ブランディスによって、この場所は公園に整備された。

　その後、この公園は1980年代に大々的に再整備されて現在の姿になった。公園名は、首都公園協会の会長で、シティ地区での公園整備に尽力したことから「花を咲かせるフレッド」の愛称で呼ばれていたフレッド・クリアリーにちなんでいる。

　2007年、フランス・ロワール川流域のワイン農家からブドウの木が贈られて、公園内の上の段に植えられた。この一帯は昔ロンドンのワイン商が集まる中心地だったので、ブドウの木は当時を記念するのにピッタリだ。ブドウの見ごろは、実が熟していく9月から10月である。

197

街歩きルート　4
地下鉄ウェストミンスター駅から
バークリー・スクエアまで（5.4km）

ロイヤル・パークとジョージ王朝時代のすばらしい広場を散策しながら緑あふれるロンドンを体感しよう。

1　検潮所（183ページ「『ライオンが水を飲めばロンドンは沈む』」参照）
2　パブ「トゥー・チェアメン」（78ページ「客待ちの場所」参照）
3　クイーン・アンズ・ゲート（35ページ「明かりを消して」と36ページ「石になる」参照）
4　セント・ジェームズ・パークのペリカン（194ページ「羽毛の生えた贈り物」参照）
5　海軍本部要塞（58ページ「戦時中の秘密地下壕」参照）
6　ジーロの墓（98ページ「『ナチ』の犬の墓」参照）
7　ウェリントン公爵の乗馬用踏み台（163ページ「ここにお上がりください」参照）

第4章　自然に帰って

8　ウィリアム3世の騎馬像（124ページ「モグラ塚が大ごとに」参照）
9　ナポレオン3世のブルー・プラーク（171ページ「ロンドンでいちばん古いブルー・プラーク」参照）
10　ピカリング・プレース（39ページ「ロンドンでいちばん小さな広場」参照）
11　クイーンズ・チャペル（30ページ「禁止だったはずの礼拝堂」参照）
12　ピカデリー通りのポーター用休憩台（161ページ「それだけが残った」参照）
13　旧ダウン・ストリート駅（51ページ「幽霊ホーム」参照）
14　チェスターフィールド・ストリート11番地〜13番地にある鋳鉄製の靴拭い（36ページ「鋳鉄に注目」参照）
15　ロンドン・プラタナス（190ページ「ロンドンは森」参照）

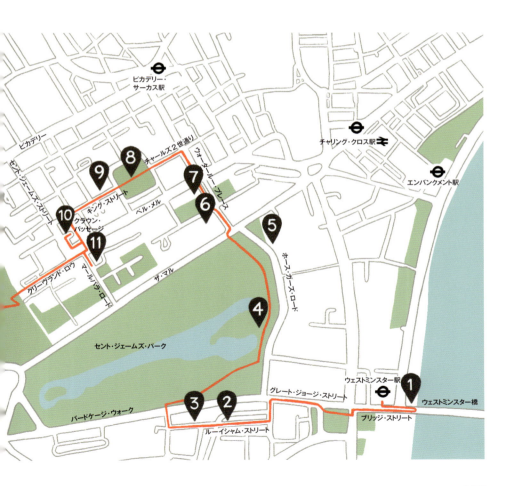

199

ポストコード索引

E1 6AG……174	EC1M 8AD……109	EC2Y 9AG……139
E1 6QH……87		
E1 7LJ……138	EC1N……73	EC3A 2AD……152
E1 7LS……43	EC1N 8AA……123	EC3A 6AT……131
E1 7RA……74	EC1N 8SS……185	
E1 8AP……60		EC3M 1DE……115
	EC1R 3AU……188	EC3M 1DT……104
E14 7HA……99	EC1R 3DJ……185	EC3M 3BY……62
		EC3M 1EB……112
E1W 2UP……108	EC1Y 2BG……99	EC3M 4BS……117
E1W 3SH……182	EC1Y 4SA……33	
	EC1Y 8NR……130	EC3N……69
E3 4AR……61		EC3N 1AB……78
E3 4PX……97	EC2M 3TJ……50	EC3N 2LY……13
	EC2M 3TL……78	EC3N 4AB……15
E9 5EQ……21	EC2M 3UE……71	EC3N 4EE……138
E9 7DH……45	EC2M 4WD……157	
E9 7JN……133		EC3R……68
	EC2N 4AW……111	EC3R 5BJ……12, 14
EC1……101		EC3R 5BT……161
	EC2R 7HH……147	EC3R 5DD……193
EC1A……71, 73	EC2R 8AE……84	EC3R 6DN……21
EC1A 2DQ……153		EC3R 7NA……19, 99
EC1A 4AS……167	EC2V……68	
EC1A 4ER……144	EC2V 5AE……12	EC3V 3NF……152
EC1A 4EU……78	EC2V 5DY……13	EC3V 3NR……157
EC1A 7JQ……23	EC2V 6AU……94	EC3V 3PD……114
EC1A 7BA……84, 157, 193	EC2V 6EB……103	EC3V 4AB……62
EC1A 7BT……193	EC2V 7AD……81	EC3V 9LJ……175
EC1A 9DD……110	EC2V 7AF……94	
EC1A 9DS……23	EC2V 7DE……81	EC4A……72
	EC2V 7HN……82	EC4A 1ES……123
EC1M 3LL……184	EC2Y 5BL……154	EC4A 2AT……147

200 LONDON
A Guide for
Curious Wanderers

ポストコード索引

EC4A 2BJ……55, 143	N17 6RA……172	SE1 3UW……43
EC4A 2BP……28		SE1 4HT……119
EC4A 2HR……106, 119	N6 6PJ……97	SE1 4TP……145
EC4A 2LT……169		SE1 4XY……151
	NW1 0SG……47	SE1 6QQ……151
EC4M 7AA……184	NW1 1UL……165	SE1 7GA……36, 95, 121
EC4M 7BR……81	NW1 2AR……46	SE1 7HR……53
EC4M 7DE……78	NW1 4HR……154	SE1 7LB……154
	NW1 4HS……42	SE1 7NN……102
EC4N 5AR……164	NW1 4NR……189	SE1 7SG……84
EC4N 8BN……26	NW1 7AW……56	SE1 7SP……183
	NW1 8NL……96	SE1 8SP……87
EC4V 2AF……26	NW1 8QR……96, 130	SE1 9AA……52
EC4V 2AR……197		SE1 9DA……18
EC4V 4EG……49	NW3 1LH……188	SE1 9DN……17
EC4V 4ER……26	NW3 6SG……76	SE1 9DS……160
		SE1 9HA……131
EC4Y 0HJ……154	NW5 1EN……45	SE1 9HQ……92
EC4Y 1NA……70	NW5 1NR……145	SE1 9HR……177
EC4Y 8AU……12, 27	NW5 1UF……186	SE1 9JE……92
EC4Y 9AT……91		SE1 9JJ……154
	NW8 7PU……191	SE1 9RT……21
N1 0NA……41		SE1 9UD……92
N1 0PB……130	SE1……74, 101	
N1 1BE……172	SE1 0EU……173	SE8 3DQ……99
N1 1BW……195	SE1 0UG……74	SE8 4QB……141
N1 2SN……56	SE1 1ER……47	
N1 6AD……47	SE1 1NH……29	SE10 9NN……191
	SE1 1SG……148	
N16……101	SE1 1YT……21	SE16 4JE……43
N16 0JR……57	SE1 2PF……92	
N16 9PX……32	SE1 2UP……92, 147	SE27 9JU……97
	SE1 2YU……148	

201

SM5 2JZ······148

SW1A 0AA······46
SW1A 1BG······30
SW1A 1EA······39
SW1A 2AB······37
SW1A 2AX······58
SW1A 2DX······122
SW1A 2DY······93
SW1A 2ER······29
SW1A 2JH······190
SW1A 2NP······123
SW1A 2WH······53

SW1H 0PY······108
SW1H 9AB······35
SW1H 9AP······194
SW1H 9BP······78
SW1H 9BU······36
SW1H 9JJ······149

SW1P 3JR······187
SW1P 3JX······122
SW1P 3LA······141
SW1P 3LZ······32
SW1P 3PA······18, 149
SW1P 4RG······60

SW1W 8BB······186
SW1W 9NP······33

SW1X 8AG······38
SW1X 8NT······42

SW1Y 4EA······172
SW1Y 4LE······124
SW1Y 5AG······98
SW1Y 5ER······163
SW1Y 6QG······171

SW3 1LR······59
SW3 4LW······148

SW5 9RD······167

SW7 2JA······59
SW7 2NB······51
SW7 2RL······60
SW7 4QP······38

SW8 1JY······45
SW8 1TE······196
SW8 2JW······111

TW10 5AT······21

UB6 8AT······55

W1······101

W11 2PT······45
W11 3SX······132

W1A 1ER······89

W1B 5DQ······167

W1D 2HQ······111
W1D 3QP······157
W1D 3ST······43
W1D 4TA······135

W1F 7AE······152

W1G 0PR······120

W1J 0BD······166
W1J 5JN······36
W1J 5LD······76
W1J 6EA······190
W1J 6PT······76
W1J 7JU······51
W1J 7NW······161
W1J 7TA······35

W1K 5DB······141

W1R 1FE······184

W1S 3JR······89

W1T 4TD······57

W1U 2NE······184

W1W 8JG······46

W2 3XA······195

202 | LONDON
A Guide for
Curious Wanderers

ポストコード索引

W9 1JS……139

WC1B 3RB……31, 36
WC1B 4AP……140

WC1E 6HJ……150
WC1E 7EY……57

WC1H 0XG……158, 173
WC1H 0JJ……43

WC1N 1EX……55
WC1N 3LZ……49

WC1X 9LN……188

WC2……70
WC2A 2JB……136
WC2A 2JL……146
WC2A 2LL……46

WC2B 5QD……74

WC2E 7PB……132
WC2E 8RD……89
WC2E 9JT……51, 139
WC2E 9PA……84

WC2H……90
WC2H 7JB……168
WC2H 8AH……109

WC2N 4BN……149

WC2N 4LL……87
WC2N 5AQ……158
WC2N 5DN……123
WC2N 5DP……169
WC2N 5NF……34
WC2N 6PB……60, 117

WC2R 0DE……38
WC2R 0DW……149
WC2R 0HS……145
WC2R 0JR……114
WC2R 1AP……89
WC2R 1BF……24
WC2R 1DH……80
WC2R 2NE……51
WC2R 2PH……139, 158
WC2R 2PN……169
WC2R 3BD……47

203

【著者】ジャック・チェシャー
（Jack Chesher）

　ロンドンのツアーガイド、ブロガー、歴史研究家、都市探検家。ロンドンらしさを示すものなら何でも大好き。2020年、ウェブサイト「Living London History」を開設してブログを毎週更新し、ロンドンでとびきりおもしろくて珍しい名所旧跡を紹介したり、セルフガイドのロンドン街歩きルートを提案したり、ロンドン街歩きマップを公開したりしている。

　2021年、社会教育団体「オープン・シティ」の公開講座「ゴールデン・キー・アカデミー」のツアーガイド・コースを終了し、2021年10月からロンドンの隠れた歴史を訪ねるガイドつき街歩きツアーを公募または専属で実施している。ツアーでは、ロンドンの特定の地域を舞台に、隠れた歴史を掘り起こしたり、何気なく歩いているだけでは見逃してしまう、ちょっとしたポイントを解説したりしている。始めてからわずか1年足らずでLiving London Historyの街歩きツアーは、旅行口コミサイト「トリップアドバイザー」でトップ10に入る人気のロンドン・ツアーになった。

　著者は子ども時代を、ロンドンから電車に乗ってすぐのエセックス州で過ごし、昔からロンドンに夢中だった。ブリストル大学で歴史を学び、しばらくブリストルで暮らした後、ロンドンに完全に移り住む。

　著者の最新情報については、ウェブサイト www.livinglondonhistory.com にアクセスすれば毎週更新されるブログを読んだりガイドつきツアーを予約したりできるし、SNSだとInstagram、Facebook、TikTokでは @livinglondonhistory で、X（旧Twitter）では @livinglondonhis でフォローできる。

204　LONDON
A Guide for
Curious Wanderers

【装画】キャサリン・フレーザー
（Katharine Fraser）

　フリーランスのイラストレーター、グラフィックデザイナー。イギリス南部の都市サウスエンド＝オン＝シーで生まれ育つ。ロンドン芸術大学とブライトン大学でアート＆デザインを学び、現在はイラスト、グラフィックデザイン、写真の３分野で制作活動を行ない、ブライトン大学、コートールド美術研究所、クリッパー社（携帯ライターのメーカー）、ルーシー＆ヤック（ファッションブランド）などとのプロジェクトで活躍している。

　徹底的に細部にこだわり、弱い者に味方する彼女は、制作するイラスト作品と写真作品の大半で、見過ごされてきた隠れたお宝を取り上げたり、一見すると平凡そうなものを前面に押し出したりしている。プロジェクト「フラットレー・デザイン」では、映画やポップカルチャーからいろんな品々を個別に取り出し、整然と並べて１枚のイラスト・プリントにしているし、「チープ・スリルズ」では、キッチュな小物雑貨を作ってイギリスの浜辺をカラフルに彩っている。

　デスクに向かっていないときは、チャリティーショップやビンテージショップを回って隠れたお宝がないか探したり、日帰りでイギリスの海辺の町に行って、ふつうの人なら目を向けることなく通り過ぎる物を写真に収めたりスケッチしたりしている。

　彼女の最新作を知りたい人は、Instagramの @katharinefraser.design や @cheapthrills.studio および @flatlaydesign にアクセスしてほしい。

【訳者】小林朋則
（こばやし・とものり）

翻訳家。筑波大学人文学類卒。主な訳書に荘奕傑『古代中国の日常生活』、フィリップ・パーカー編『世界の移民歴史図鑑』、アンドルー・F・スミス『ハンバーガーの歴史』（以上、原書房）、ベン・マッキンタイアー『ソーニャ、ゾルゲが愛した工作員』、カレン・アームストロング『イスラームの歴史――1400年の軌跡』（以上、中央公論新社）など。

LONDON: A GUIDE FOR CURIOUS WANDERERS
by Jack Chesher
Illustrations by Katharine Fraser

First published in 2023 by Frances Lincoln Publishing,
an imprint of The Quarto Group.

Design copyright © 2023 Quarto
Text copyright © 2023 Jack Chesher
Illustrations copyright © 2023 Katharine Fraser
All rights reserved.

Japanese translation rights arranged with
QUARTO PUBLISHING PLC
through Japan UNI Agency, Inc., Tokyo

街中の遺構からたどる
歴史都市ロンドン

●

2024年10月21日　第1刷

著者………ジャック・チェシャー
イラスト………キャサリン・フレーザー
訳者………小林朋則
装幀………伊藤滋章
発行者………成瀬雅人
発行所………株式会社原書房
〒160-0022 東京都新宿区新宿 1-25-13
電話・代表 03（3354）0685
http://www.harashobo.co.jp
振替・00150-6-151594

印刷………シナノ印刷株式会社
製本………東京美術紙工協業組合

©office Suzuki, 2024
ISBN978-4-562-07472-3, Printed in Japan